SLOWENIEN

INSIDER-TIPP
Deine Abkürzung ins Erleben!

Reisen mit MARCO POLO Insider-Tipps

MARCO POLO TOP-HIGHLIGHTS

TROMOSTOVJE ★1

Dreifach hält besser: Ljubljanas Tromostovje bezaubert als Drillingsbrücke

📷 *Tipp: Beim Bootstrip fotografierst du die Brücke von unten. Komm am frühen Nachmittag für hübsche Schatten*

➤ S. 45, Ljubljana & die Landesmitte

HOCHALMEN DER VELIKA PLANINA ★2

Traditionelle Almhütten vor grandioser Alpenkulisse auf einem Hochplateau

📷 *Tipp: Im Frühjahr blüht ein lila Krokusteppich vor den Schäferhütten – ein Farbrausch!*

➤ S. 53, Bled & der Nordwesten

BLED ★3

Auf einem steilen Felsen über dem See thront die Burg von Bled, die nachts in warmes Licht getaucht wird (Foto)

📷 *Tipp: Vom Aussichtspunkt Ojstrica bekommst du die Highlights auf ein Foto – Burg, See und Kircheninsel*

➤ S. 64, Bled & der Nordwesten

BOHINJ ★4

Alpen umringen den kristallklaren Gletschersee in einem grünen Tal – in der Nähe rauscht der steile Savica-Fall

➤ S. 68, Bled & der Nordwesten

LOB ODER KRITIK? WIR FREUEN UNS AUF DEINE NACHRICHT!

Trotz gründlicher Recherche schleichen sich manchmal Fehler ein. Wir hoffen, du hast Verständnis, dass der Verlag dafür keine Haftung übernehmen kann.

MARCO POLO Redaktion • MAIRDUMONT • Postfach 31 51
73751 Ostfildern • info@marcopolo.de

Impressum
Titelbild: Bleder See mit Schloss (Schapowalow: J. Huber)
Fotos: AWL Images: A. Comi (116); DuMont Bildarchiv: F. Heuer (81, 83, 138/139); Getty Images: simonkr (25); Getty Images/AFP: J. Makovec (56); Getty Images/Mondadori Portfolio: C. Beretta (14/15); huber-images: G. Gräfenhain (65), Kaos03 (69), R. Taylor (Klappe innen/1, 109); iStock: P. Borkowski (101), gehringj (Klappe außen), rusm (87); F. Köthe (8/9, 72, 97); Laif: P. Hahn (76/77, 106, 108), R. Haidinger (30), F. Heuer (88, 91), B. Jonkmanns (34/35, 140/141), I. Kürschner (28), T. & B. Morandi (131), D. Schwelle (26/27, 45, 47, 48, 128/129), Standl (113); Laif/hemis.fr: B. Gardel (92); Look: Ch. Jorda (74/75); Look/age fotostock (111); mauritius images: J. Warburton-Lee (84); mauritius images/age (53); mauritius images/Alamy (21, 22, 98, 102/103, 124), Classic Image (32), K. Jagodič (95), Photononstop (33); mauritius images/foodcollection (29); mauritius images/Hemis.fr: R. Mattes (6/7); mauritius images/Image Source: S. Lux (12); mauritius images/imagebroker: NielsDK (66); mauritius images/robertharding (11, 60/61), M. Williams-Ellis (40/41); picture-alliance/MITO Images (36); picture-alliance/PIXSELL: G. Zucko (115); D. Renckhoff (82); Shutterstock: bellena (10), A. Furlan (121), M. Kastelic (50), U. Larysa (55), Littleaom (96), Xseon (59, 71); S. Delle Vedove (13); vario images/Cultura (118); vario images/RHPL (16/17); Visum: S. Kiefer (2/3); V. Wengert (143)

9. Auflage 2021, komplett überarbeitet und neu gestaltet

Autoren: Friedrich Köthe, Daniela Schetar, Veronika Wengert
Redaktion: Jochen Schürmann
Bildredaktion: Stefanie Wiese
Kartografie: © MAIRDUMONT, Ostfildern (S. 38–39, 120, 123, 126, Umschlag außen, Faltkarte); © MAIRDUMONT, Ostfildern, unter Verwendung von Kartendaten von OpenStreetMap, Lizenz CC-BY-SA 2.0 (S. 42–43, 62–63, 78–79, 104–105)
Als touristischer Verlag stellen wir bei den Karten nur den De-facto-Stand dar. Dieser kann von der völkerrechtlichen Lage abweichen und ist völlig wertungsfrei.
Gestaltung Cover, Umschlag und Faltkartencover: bilekjaeger_Kreativagentur mit Zukunftswerkstatt, Stuttgart; Gestaltung Innenlayout: Langenstein Communication GmbH, Ludwigsburg
Spickzettel: in Zusammenarbeit mit PONS GmbH, Stuttgart
Texte hintere Umschlagklappe: Lucia Rojas
Konzept Coverlines: Jutta Metzler, bessere-texte.de

Printed in Poland

FSC www.fsc.org
MIX
Paper from responsible sources
FSC® C018236

MARCO POLO AUTORIN
VERONIKA WENGERT
Shoppen in Ljubljana, relaxen in den Thermen von Ostslowenien und auf eine Kremšnita mit Seeblick nach Bled: So verbrachte die Journalistin und Übersetzerin sieben Jahre in Zagreb – nur 35 km vom nächsten slowenischen Thermalbad entfernt. Doch auch außerhalb der warmen Pools gibt's in Slowenien zwischen Alpen und Meer viel zu entdecken und zu bloggen: *veronika-wengert.de.*

BLOSS NICHT!

FETTNÄPFCHEN UND REINFÄLLE VERMEIDEN

NUR DEUTSCHE ORTSNAMEN VERWENDEN

Den meisten wird's egal sein, ob du Maribor oder Marburg sagst. Es gibt aber auch Slowenen, die frühere deutsche oder italienische Ortsnamen mit der Fremdherrschaft und einer Zeit verbinden, in der das Slowenische unterdrückt wurde. Versuch's daher mit slowenischen Ortsnamen!

OHNE LICHT FAHREN

Die Sonne scheint? Vergiss dennoch nicht, das Abblendlicht einzuschalten. Das ist ganzjährig Pflicht und wurde eingeführt, um die Zahl der Unfälle zu reduzieren. Falls du angehalten wirst, versteht die Polizei keinen Spaß. Und erst recht nicht, wenn du ohne Aufforderung aus dem Auto steigst!

MIT FLIP-FLOPS IN DIE BERGE

Sicher gibt es Slowenen, die in Sandalen auf die höchsten Alpengipfel klettern. Mach es ihnen nicht nach! Nimm viel Trinkwasser, die entsprechende Ausrüstung und auf höheren Gipfeln auch Helm, Karabiner mit Sicherungsleinen und evtl. sogar ein Steigeisen mit. Die Alpen sind schroff und steil, das Wetter launisch.

DEN STREIT MIT KROATIEN ANSPRECHEN

Die meisten Slowenen fahren nach Kroatien, wenn sie ans Meer fahren. Klar, die Küste ist länger und es gibt mehr Badeplätze. Das Meer ist aber auch ein heikles Thema: Die Bucht von Piran sorgt seit 1991, als beide Länder unabhängig wurden, für Zank. Halt dich raus, wenn's um das Thema geht, die EU soll's richten ...

SELBST GEBRANNTEN SCHNAPS TRINKEN

Jeder in Slowenien kennt jemanden, der Schnaps in der eigenen Garage brennt. Gesellig wie die Slowenen sind, entkommst du als Gast dem heimischen Selbstgebrannten kaum. Aber: Nicht jeder hat das Brennen drauf, manchmal schmeckt es einfach nur nach Spiritus. Halt dich lieber zurück – dein Kopf wird's dir danken!

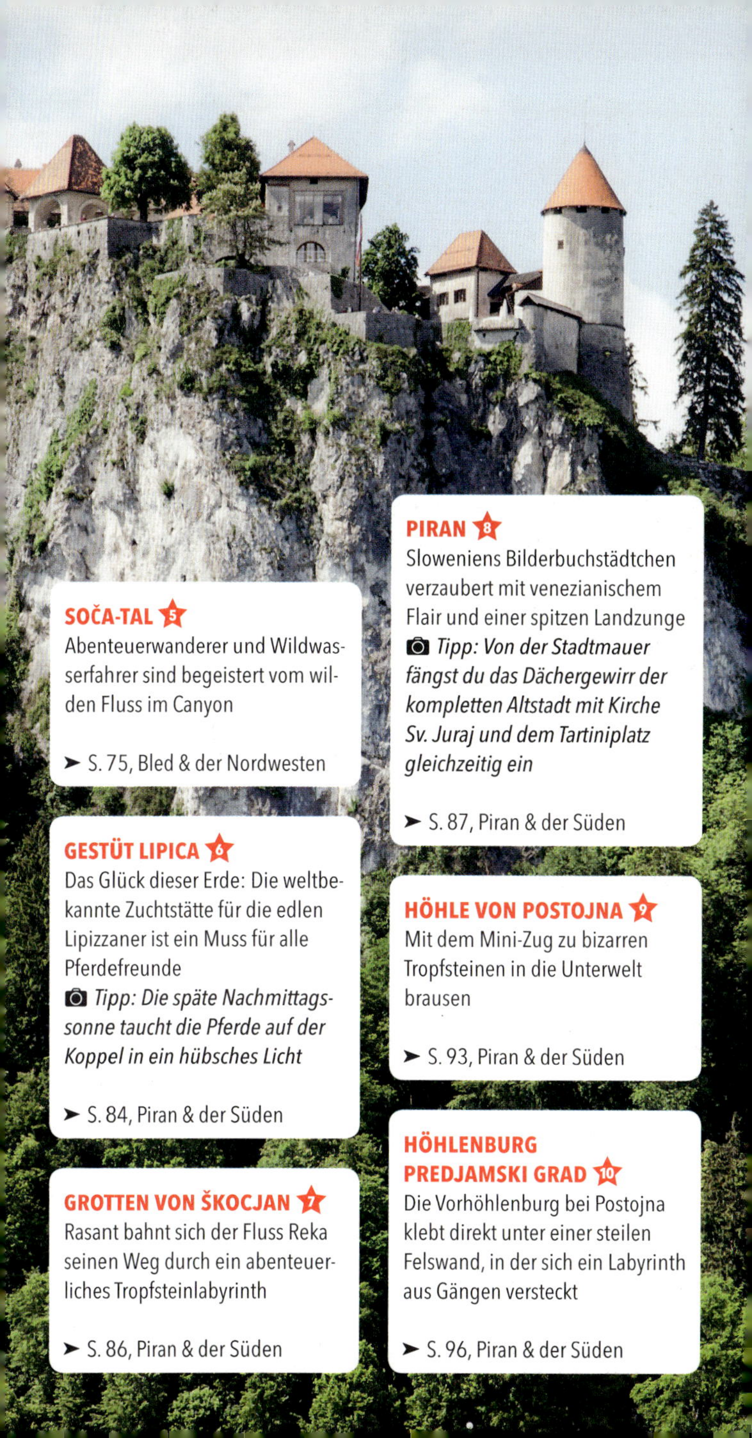

SOČA-TAL 5

Abenteuerwanderer und Wildwasserfahrer sind begeistert vom wilden Fluss im Canyon

➤ S. 75, Bled & der Nordwesten

GESTÜT LIPICA 6

Das Glück dieser Erde: Die weltbekannte Zuchtstätte für die edlen Lipizzaner ist ein Muss für alle Pferdefreunde

Tipp: Die späte Nachmittagssonne taucht die Pferde auf der Koppel in ein hübsches Licht

➤ S. 84, Piran & der Süden

GROTTEN VON ŠKOCJAN 7

Rasant bahnt sich der Fluss Reka seinen Weg durch ein abenteuerliches Tropfsteinlabyrinth

➤ S. 86, Piran & der Süden

PIRAN 8

Sloweniens Bilderbuchstädtchen verzaubert mit venezianischem Flair und einer spitzen Landzunge

Tipp: Von der Stadtmauer fängst du das Dächergewirr der kompletten Altstadt mit Kirche Sv. Juraj und dem Tartiniplatz gleichzeitig ein

➤ S. 87, Piran & der Süden

HÖHLE VON POSTOJNA 9

Mit dem Mini-Zug zu bizarren Tropfsteinen in die Unterwelt brausen

➤ S. 93, Piran & der Süden

HÖHLENBURG PREDJAMSKI GRAD 10

Die Vorhöhlenburg bei Postojna klebt direkt unter einer steilen Felswand, in der sich ein Labyrinth aus Gängen versteckt

➤ S. 96, Piran & der Süden

INHALT

MARIBOR & DER NORDOSTEN
BLED & DER NORDWESTEN
LJUBLJANA & DIE LANDESMITTE
PIRAN & DER SÜDEN

Besuch planen
€–€€€ Preiskategorien
(*) Kostenpflichtige Telefonnummer
Essen/Trinken
Shoppen
Ausgehen
Top-Strände

(A2) Herausnehmbare Faltkarte
(a2) Zusatzkarte auf der Faltkarte
(0) Außerhalb des Faltkartenausschnitts

BESSER PLANEN
MEHR ERLEBEN!

Digitale Extras
go.marcopolo.de/app/slw

MARCO POLO

DIGITALE EXTRAS

DIGITAL NOCH MEHR ERLEBEN

Schneller in Urlaubslaune kommen.

Perfekt organisiert sein – vor, während und nach dem Urlaub.

Mit der MARCO POLO Touren-App und unseren digitalen Angeboten.

Noch mehr Trendziele, Inspiration und aktuelle Infos findest du auf **marcopolo.de**

SO EINFACH GEHT'S

1. Website besuchen
2. Die digitale Welt von MARCO POLO entdecken
3. App runterladen und ab in den Urlaub

Alle Infos zum digitalen Angebot
unter **marcopolo.de/app**

DAS BESTE ZUERST

Bilderbuch-Landschaft: das Logar-Tal an der Grenze zu Österreich

BEST OF
BEI REGEN

SCHÖN, AUCH WENN ES REGNET

FISCHE IM TROCKENEN
Erlebe die Geschmäcker und Genüsse Sloweniens an einem Regentag auf der *Tržnica*, dem Markt in Ljubljana (Foto): Fleisch, Käse und Brot verkaufen die Marktleute im Tiefgeschoss unter dem Gemüsemarkt; Fisch wartet unter den von Plečnik erschaffenen Arkaden auf Käufer.
➤ S. 47, Ljubljana & die Landesmitte

DURCH DIE HÖHLE STRAMPELN
Beim Höhlenradeln durch die unterirdischen Gänge der aufgelassenen Mine *Mežica* spielt schlechtes Wetter keine Rolle: Die fünf Kilometer durch den Berg Peča sind ein spannendes MTB-Abenteuer.
➤ S. 57, Ljubljana & die Landesmitte

UNWETTER IM GEBIRGE …
… möchte kein Wanderer erleben; selbst trockenen Fußes und mit einem sicheren Dach über dem Kopf sind die Gewitter im *Alpinen Museum* in Mojstrana durchaus beängstigend, aber nur virtuell. Der echte Regen bleibt draußen.
➤ S. 71, Bled & der Nordwesten

BEI DEN GLASBLÄSERN
Es ist unendlich heiß, der Schweiß dringt aus allen Poren, die Männer leisten Schwerstarbeit und das Ergebnis ist – hauchdünnes, elegant geformtes, filigranes Glas: Die Fabrik von *Rogaška Slatina,* in der Sloweniens legendäres Bleikristall entsteht, lohnt den Besuch!
➤ S. 114, Maribor & der Nordosten

ZEITREISE AUF DER BURG
Ljubljanas Burg ist mehr als nur ein Museum – da sind mittelalterliche Fundamente zu besichtigen, virtuelle Zeitreisen zu unternehmen und tolle Marionetten zu bestaunen.
➤ S. 44, Ljubljana & die Landesmitte

BEST OF
LOW-BUDGET

FÜR DEN KLEINEN GELDBEUTEL

EINFACH ANHALTEN
Winzig, wendig und immer da, wenn du sie brauchst: In Ljubljana, Maribor, Ptuj und Kranj kannst du dich in kleinen Elektrovehikeln durch die Altstadt fahren lassen – kostenlos!

EINSTÜRZENDE HÖHLENBAUTEN
Die Schlucht *Rakov Škocjan* (Foto) ist der Rest eines eingestürzten Höhlensystems. Hier bestaunst du umsonst, was in den nahen Höhlen von Škocjan Eintritt kostet.
➤ S. 97, Piran & der Süden

BORDSTEIN-PERFORMANCES
Beim quirligen Straßentheater-Festival *Ana Desetnica* brauchst du kein Ticket – alles findet in Ljubljanas Altstadt frei zugänglich und kostenlos statt.
➤ S. 131, Feste & Events

SMALLTALK IM VORBEIGEHEN
Wie bestellt man eigentlich ein Glas Wein auf Slowenisch? Die wichtigsten Sätze kannst du im Sommer kostenlos beim Schnuppersprachkurs des STIC Ljubljana lernen.
➤ S. 51, Ljubljana & die Landesmitte

ARCHITEKTURVISION IM GRÜNEN
Vor 100 Jahren entwarf Architekt Maks Fabiani *Villa und Park Ferrari*, verborgen am Rande des Karstdorfes Štanjel. Noch ist der Zutritt zu dieser landschaftsplanerischen Vision umsonst!
➤ S. 86, Piran & der Süden

GALERIE IM GRÜNEN
Aufregende Holzskulpturen namhafter Bildhauer schmücken die große Wiese vor dem Zisterzienserkloster *Kostanjevica na Krki:* Sie entstanden im Rahmen des Bildhauersymposiums *Forma Viva* und sind gratis zugänglich.
➤ S. 100, Piran & der Süden

BEST OF
MIT KINDERN

SPANNENDES FÜR GROSS & KLEIN

OLDTIMER GUCKEN
Blitzblank polierte Kühlerhauben: Die 15 alten Nobelkarossen im *Slowenischen Technikmuseum* in Vrhnika, mit denen sich Tito rumkutschieren ließ, machen echt was her. Spannend sind auch alte Traktoren oder Feuerwehrautos. Hier gibt's alles, was Räder hat – und noch mehr ...
➤ S. 54, Ljubljana & die Landesmitte

WASSER MARSCH!
Adrenalinschub garantiert: Beim rasanten Raketenstart fliegst du pfeilschnell durch die Röhre der Loopingrutsche in der *Terme 3000*. Im Thermal- und Spaßbad von Moravske Toplice findet jeder seine Lieblingsrutsche!
➤ S. 117, Maribor & der Nordosten

BROTZEIT IM BERG
Ein echter Bergmann taucht mit dir ins alte Kohlebergwerk von *Velenje* ein – satte 160 m unter die Erde! Unter Tage gibt's dann eine zünftige Brotzeit, wie sie einst auch die Kumpel mit Heißhunger verputzten.
➤ S. 57, Ljubljana & die Landesmitte

WEISSER PFERDETRAUM
Zwei edle Lipizzaner, die eine Kutsche über Wiesen und Feldwege rund ums *Gestüt in Lipica* schaukeln – das ist schon aufregend für Kinder. Was für ein Spaß aber, wenn die Kleinen auch mal ein bisschen selbst die Zügel führen dürfen?
➤ S. 85, Piran & der Süden

FASCHING IN PTUJ
Die zotteligen *Kurenti* mit ihren grimmigen Holzmasken jagen dir beim größten *Karneval* im Land sicher einen schönen Schrecken ein! Im Schloss von Ptuj findest du ganzjährig einige tolle Kostüme.
➤ S. 111, Maribor & der Nordosten

BEST OF

TYPISCH

DAS ERLEBST DU NUR HIER

VIELSEITIGE BAUKUNST

Er prägte das Stadtbild von *Ljubljana* wie kein anderer: Jože Plečnik (1872–1957) hat sich von Jugendstil, Modernismus und Antike inspirieren lassen. Schau dir unbedingt die Drillingsbrücke mit der Uferpromenade an!

➤ S. 45, Ljubljana & die Landesmitte

ALPEN UND ADRIA IM BLICK

Genieß das *Piran-Panorama* von der Georgskirche aus: Dein Blick fällt auf die tiefblauen Buchten von Koper und Triest, im Osten auf die Steilwand des Karstabbruchs, im Norden auf die Gipfel der Julischen Alpen.

➤ S. 88, Piran & der Süden

KREATIVE BARACKEN

Früher Kaserne, dann von Künstlern besetzt, ist *Metelkova mesto* heute ein kunterbuntes Graffiti-Areal in Ljubljana – mit Street Art, spannenden Clubs und modernen Museen (Foto).

➤ S. 51, Ljubljana & die Landesmitte

ZUR HÖLLE MIT DER HÖHLE!

Sloweniens Karst-Unterwelt soll Meister Dante zur Beschreibung der Hölle in seiner „Göttlichen Komödie" inspiriert haben. Magisch wirken die Karsthöhlen bis heute, was du in der Grotte in *Križna jama* bemerken wirst.

➤ S. 96, Piran & der Süden

KUREN WIE SISSI

Slowenische Thermalbäder machten in der K.u.k.-Monarchie Karriere, und einige wirken kaiserlicher als in Österreich selbst: In *Rogaška Slatina* sind Habsburger Gelb und Kristalllüster bis heute Programm.

➤ S. 113, Maribor & der Nordosten

IN ARKADIEN

Aus den Reben lugt ein Kirchturm hervor, das Klappern des *klopotec* schlägt den Takt, dazu ein würziger Eintopf und ein Glas goldenen Weins: In der *Taverna Jeruzalem* steht die Zeit still.

➤ S. 116, Maribor & der Nordosten

SO TICKT SLOWENIEN

Straßenkunst mit Schuhen in der Trubarjeva ul. in Ljubljana

STEVO
žensko in moško
striženje
barvanje las
svečane frizure
ličenje
oblikovanje obrvi
nega nohtov
NE HODITE V LONDON,
PRIDITE K NAM!

ENTDECKE SLOWENIEN

Aktivurlaub geht auch romantisch: rudern auf dem See von Bled

Berge, Seen, das Meer und grüne Landschaften: Slowenien ist landschaftlich und kulturell vielfältig, und das macht das kleine Land zu einem Lieblingsziel. Am gleichen Tag lassen sich Burgen, Tropfsteinhöhlen und mittelalterliche Städte erkunden – ohne lange Fahrzeiten!

NIMM DIR VON ALLEM ETWAS

Erinnerst du dich an das Merkspiel: „Ich packe meinen Koffer ..."? Wenn du nach Slowenien fährst, muss du nicht viel in deine Reisetasche packen. Eines aber darf nicht fehlen: Badezeug! Du kannst in klare Gletscherseen eintauchen, an der Adriaküste chillen oder in den heißen Thermalquellen in Ostslowenien stundenlang herumdümpeln. Feste Schuhe? Unbedingt. Als Gipfelstürmer kannst du gezackte Bergspitzen wie den Triglav mit seinen „drei Köpfen" in den Julischen Alpen bezwingen; du kannst durch verschlafene Weinberge im Osten spazieren,

6./7. Jh. Einwanderung der Slawen

ab 14. Jh. Habsburger Herrschaft, Venedig beherrscht Istrien

18. Jh. Wirtschaftlicher Aufschwung unter Kaiserin Maria Theresia

1914–18 Erster Weltkrieg mit 1 Mio. Toten an der Isonzo-Front (Soča)

1918 Gründung des Königreichs der Slowenen, Kroaten und Serben (später Jugoslawien)

1941 Deut. und italien. Truppen erobern Jugoslawien; Beginn des Partisanenkampfes

Ritter in einer Burg spielen oder Tropfsteinhöhlen im Karst erkunden – gut 10 000 soll es geben, rund zwei Dutzend warten auf Besuch. Und dein Handy für Fotos hast du ja ohnehin dabei. Es gibt nämlich Klassiker, die du sehen musst! Bled mit seiner Kircheninsel im eisblauen Alpensee gehört dazu. Die Höhlen von Postojna, wo du mit der Höhlenbahn einfährst, ebenso. Das Küstenstädtchen Piran? Gönn dir das Italien-Feeling! Und natürlich die Hauptstadt Ljubljana, die längst hipper als Prag ist, wie Szenekenner schwärmen – mit angesagten Kneipen, Shops, Museen. Abwechslung? Auf alle Fälle! Und das Beste: Um die spannendsten Orte in Slowenien zu entdecken, musst du nicht ewig im Auto sitzen. Das ganze Land ist gerade mal halb so groß wie die Schweiz. Überschaubar ist auch die Adriaküste mit ihren knapp 47 km Länge. Das alles ist perfekt für einen entschleunigten Roadtrip. Die richtige Kulisse für das, was dir gut tut, findest du überall: steile Alpenwände zum Hinaufkraxeln, aufgelassene Bahntrassen zum Radeln oder ein gemütliches Abendessen in einer Seilbahngondel. Viele Tourismuskonzepte sind innovativ, was sicherlich dazu beiträgt, dass jedes Jahr 6 Mio. Urlauber Slowenien für sich entdecken.

GANZ SCHÖN PFIFFIG!

Es gibt aber auch ruhige Orte, die sich erst etwas einfallen lassen müssen, um Gäste anzulocken. So ist in Lendava der „slowenische Eiffelturm" mitten in einem Weinberg gewachsen, und im verschlafenen Hopfendorf Žalec blubbert nun ein öffentlicher Bierbrunnen auf dem Marktplatz. Enge Schluchten werden

1945 Nach Ende des Krieges gründet Josip Broz Tito die Sozialistische Föderative Republik Jugoslawien

1980 Nach Titos Tod zerfällt die nationale Einheit Jugoslawiens

1991 Unabhängigkeitserklärung Sloweniens

2004 EU-Beitritt Sloweniens

2007 Slowenien führt den Euro ein; Beitritt zum Schengen-Raum

Mai 2020 Slowenien erklärt als erstes EU-Land die Corona-Pandemie für beendet mit Ziplines überspannt, Skigebiete im Sommer zu Bikeparks umfunktioniert. Und selbst die Thermalbäder haben mit rasanten Rutschen aufgerüstet. Alles nur Fun? Nein! Über die erbitterten Schlachten an der Soča, die die Italiener Isonzo nennen, schwieg man sich lange aus. Nun verbindet ein „Friedensweg", an alten Schützengräben aus dem Ersten Weltkrieg vorbei, beide Länder. Auch so geht moderner Tourismus.

Slowenien ist grün, mehr als die Hälfte der Landesfläche ist Wald. Und die Slowenen lieben die Natur. An den Wochenenden hält sie nichts in der Stadt, sie strömen zum Wandern oder Skifahren in die Berge oder um den Verwandten bei der Weinlese zu helfen. Urwälder rund um Kočevje im Südosten, in denen Bären leben, oder die Julischen Alpen mit dem Nationalpark Triglav sind besondere Orte, die einen naturverbundenen Urlaub ermöglichen. Dass man es ernst meint in Sachen Nachhaltigkeit, zeigt das Label „Slovenia Green", das nur an ausgewählte Hotels oder Orte vergeben wird. Ljubljana ist das grüne Zugpferd Sloweniens: Die charmante Hauptstadt wurde 2016 von der EU-Kommission zur „Green City" Europas gekürt – nachdem die Autos aus der Innenstadt verbannt, Bike-Sharing und viele andere „grüne" Konzepte ausgefeilt wurden.

BALKAN RELOADED

Und Jugoslawien? Das war einmal. Slowenien streifte die sozialistische Vergangenheit rasch ab, trat der EU bei und führte den Euro ein. Dafür wurde es in den Medien immer wieder als „Musterländle" gelobt. Also alles gut gemacht? Nun ja. In der Politik wurde das Modell „ewige Liebe" eher von „Lebensabschnittspartnern" abgelöst: Viele kleine Parteien finden sich immer wieder zusammen, um sich dann alsbald wieder zu trennen. Apropos Trennen: Zwischen Staat und Kirche – die Slowenen sind mehrheitlich katholisch – wurde ein Strich gezogen. Jeder macht sein Ding. Was von Jugoslawien geblieben ist? Ab und zu zofft man sich mit dem Nachbarn Kroatien, etwa um die Bucht von Piran, deren Grenzverlauf seit 30 Jahren immer wieder Fragen aufwirft. Geblieben ist auch die Liebe zum Balkan-Food: Die besten Ćevapčići gibt's natürlich in Slowenien ...

Doch nicht nur Jugoslawien hat seine Spuren hinterlassen. Slowenien wird von Italien, Österreich, Ungarn und Kroatien eingerahmt, die alle irgendwie mitgemischt haben: In Istrien findest du spitze Kirchtürme, die daran erinnern, dass hier Venedig das Sagen hatte. Noch viel früher kreuzten sich hier Römerstraßen: Das siehst du bis heute, nicht nur im Museum. In der Touristinformation Celje kannst du römisches Pflaster im Foyer bewundern. Nostalgische Kurbäder wie Rogaška Slatina erinnern an das Österreichisch-Ungarische Kaiserreich, die leckeren Strudel, Palatschinken und Mehlspeisen ohnehin. Überhaupt ist das slowenische Lebensgefühl irgendwo mittendrin: mitteleuropäisch, aber mit mediterranem Einschlag. Dazu gehört ein südliches Lebensgefühl mit Espressoschlürfen, gutem Essen und Wein, den viele selbst keltern – so lässt es sich aushalten!

AUF EINEN BLICK

2.070.000
Einwohner

Hamburg: 1,84 Mio., Wien: 1,9 Mio.

46,6 km
Küstenlänge

Festland Küstenlänge an der deutschen Ostsee: 328 km

20.273 km²
Fläche

Hessen: 21.115 km²

HÖCHSTER BERG: TRIGLAV

2.864 M

Zugspitze: 2962 m

WEINVERBRAUCH PRO KOPF & JAHR

44,07 L

DEUTSCHLAND: 20,9 L

SONNENSTUNDEN PRO TAG

4,5

MÜNCHEN & BERLIN: 4,7

ÄLTESTE OBJEKTE DER WELT IN SLOWENIEN

Holzrad mit Achse (Nationalmuseum Ljubljana): 5200 Jahre; Weinrebe (Haus der Alten Rebe, Maribor): 450 Jahre; Holznadel (Regionalmus. Celje): 30.000 Jahre; Holzflöte (Nationalmus. Ljubljana): 60.000 Jahre

LJUBLJANA

Größte Stadt mit 285.000 Einwohnern; zum Vergleich: Augsburg 300.000

POTICA
ist der Nationalkuchen, den es mit ca. 80 verschiedenen Füllungen gibt

60 %
DER LANDESFLÄCHE SIND VON WALD BEDECKT

SLOWENIEN VERSTEHEN

BÄRENSTARK

Slowenen werden eigentlich nur selten richtig sauer. Und wenn sie mal fluchen, klingt das trotzdem irgendwie sympathisch: „300 kosmatih medvedov!" Auf Deutsch heißt das „300 haarige Bären!" – oha. Mit denen haben es die Slowenen ohnehin, denn gut 900 Braunbären sind in den slowenischen Wäldern zu Hause, vor allem im Karst. Aber nicht nur da. Gelegentlich zieht es einen Ausreißer an die Küste oder ins benachbarte Österreich. Wundere dich also nicht, wenn im Frühjahr im Radio gewarnt wird, dass Meister Petz nun wach und auf Futtersuche sei. Keine Panik! Nur selten trifft Bär auf Mensch, meist auf Pilz- und Beerensammler oder Wanderer. Kommt es dabei zu einer Bärenattacke, gibt es wochenlang nur noch ein Thema in den Medien. Dann gewinnt die Anti-Bären-Allianz Oberhand – doch bald schon legt sich die Bärenschelte, und die Pelzträger streifen weiterhin brummend durch die slowenischen Wälder.

VITAMIN B

Eine neue Waschmaschine? Ein Studienplatz? Eine Arbeitsstelle? Wer im sozialistischen Jugoslawien etwas (erreichen) wollte, musste die richtigen Leute kennen. Das Leben lief nur rund, wenn die Eltern altgediente Partisanen waren oder der Neffe an der Grenze zu Italien beim Zoll arbeitete. „Vitamin B" war das A & O. Alles ein alter Hut? Böse Zungen behaupten, dass ohne die richtigen Connections nach wie vor nichts geht in Slowenien, etwa bei der Jobsuche. Nur die Farbe habe sich geändert, der Filz sei der Gleiche, heißt es.

OMAS GÜTESIEGEL

Das slowenische Universalwort für alles, was gut ist, heißt *domače:* aus heimischer Produktion, mit Liebe zubereitet oder nach Omas Rezept. Kein Honig schmeckt so lecker wie der vom Onkel im Nachbardorf, und mit dem selbst gekelterten Rotwein aus der Rebe über der Gartenbank der Tante kann sich auch ein prämierter Teran nicht messen. Wenn dir jemand erklärt, dass sei *domače* – dann ist (meist) alles gut.

BORN IN THE YU

Josip Broz Tito? Der frühere jugoslawische Staatschef ist zwar schon seit über vier Jahrzehnten tot, in Slowenien flammt der Kult um ihn immer mal wieder auf. Etwa, wenn eine Straße mitten in Ljubljana nach ihm neu benannt (und nach zwei Jahren wieder umbenannt) wird. Nur alte Genossen pflegen die Tito-Nostalgie? Nein, mit dem Retro-Radl „Pony" geht's beim Sightseeing durch Titos Ljubljana. Das „Pony", made in Ljubljana, erlebt übrigens eine Neuauflage. Tito lebt? Dessen politisches Erbe leider auch: Der Grenzstreit mit Kroatien in der Bucht von Piran sorgt seit der Unabhängigkeit Sloweniens 1991 für Zank, denn zu Jugo-Zeiten spielte der genaue Verlauf keine Rolle. Vor ein paar Jahren wurde die Bucht zwar von einem internationalen Schiedsgericht Slowenien zugesprochen, aber das akzeptiert Kroatien nicht. Und nun? Einfach raushalten! Die EU wird's richten …

PERFEKTE PROVOKATION

Neue Slowenische Kunst? NSK? Schon der Name, provokativ deutsch, sorgte für Aufsehen: Das Flagschiff dieser Vereinigung war die 1980 gegründete Band Laibach. Anhänger feiern die Musiker als Genies, Kritiker werfen ihnen faschistoides Auftreten (mit schweren Stiefeln und Uniformen) und entsprechende Inhalte vor. Für Zoff sorgte auch die von Laibach 1984 gegründete Kunstbewegung NSK. Neben den Altrockern gehören die Theatergruppe Noordung und die Malervereinigung Irwin zu den Gründungsmitgliedern. Deren Aktionen – Konzerte, Theaterstücke, Kunstinstallationen und Performances – setzen sich mit dem Thema des Totalitarismus auseinander. In der sozialistischen Ära nahm man den totalitären Anspruch des Staates ins Visier, heute den westlichen Lebensentwurf, den Kapitalismus und die Globalisierung. Die einstigen Enfants terribles sind zwar in die Jahre gekommen, aber Laibach ist immer noch auf Tour – vor ein paar Jahren sogar in Nordkorea!

QUETSCHKOMMODEN-KÖNIGE

Was schenkt man seinem berühmten Großvater zum Geburtstag? Ein Musikkonzert. Keine Eintrittskarte, sondern einen echten Auftritt. Das hat Sašo Avsenik vor ein paar Jahren in der Volksmusiksendung „Musikantenstadl" gemacht. Er trommelte sechs junge Musiker zusammen, und statt volkstümlicher Schlager stemmte die Band Musik im Oberkrainer-Sound von Großvater Slavko Avsenik. Das

Von wegen Teddy: In der Karstregion Notranjska leben noch Braunbären

Ganze klingt gut. Nicht schnulzig, sondern einfach ein Gute-Laune-Macher, mit Akkordeon, Gitarre, Klarinette und viel Herzblut – und lockt auch in Deutschland oder Österreich viele Fans in die Konzerte. Zum Gasthaus Avsenik in Begunje bei Bled kommen ganze Busse mit Volksmusikfans angerollt, um mitzuschunkeln. Die Original Oberkrainer sagen dir gar nichts? Mit 36 Mio. verkauften Alben sind sie der musikalische Exportschlager Sloweniens schlechthin!

SCHNITTENALARM

Low Carb war gestern. In Bled kannst du deine Diät ohnehin vergessen. Bestell dort einfach das, was die meisten Slowenen auch tun – eine *Kremšnita,*

Süße Verführung: Cremeschnitten sind im ganzen Land beliebt

auch *Kremna rezina* genannt: Auf den Teller kommt ein üppiges Quadrat mit Vanillecreme und einer Sahneschicht, ummantelt von krossem Blätterteig. So sieht die Blätterteigschnitte aus, die in Bled seit 1953 verkauft wird. Das Rezept, ein Relikt aus K.u.k.-Zeiten, brachte ein Konditor aus der serbischen Vojvodina mit nach Bled – es wurde zu einem Hit!

MATERIALMIXMEISTER

Keine Chance! Zumindest in Ljubljana kommst du an Jože Plečnik nicht vorbei. Euer erstes Date habt ihr vermutlich an den Dreibrücken, das nächste gleich nebenan, bei den Marktarkaden mit dem Säulengang. Wenn du die Unibibliothek in Ljubljana mit ihren dreieckig ausgestellten Fenstern *(Turjaška ulica 1)* eigenwillig findest, hast du das Prinzip schon erkannt: Bizarre Stilmischungen sind genau sein Ding. Plečnik? Ja, der wird bis heute gefeiert und gilt als Nationalarchitekt. Warum? Weil er – und das ist rund 100 Jahre her – freie Hand bekam, um Ljubljana mit seinen Bauwerken aufzuhübschen. Ganz schön viel Vertrauen haben ihm die Stadtväter da entgegengebracht. Nicht ohne Grund: Sein Handwerk hat der Slowene beim Wiener Stadtplaner Otto Wagner und beim Umbau der Prager Stadtburg Hradschin gelernt. Daher: Merk dir seinen Namen, wenn du in Ljubljana mitreden willst!

NATIONALTRINKLIEDHYMNE

Trinklieder werden nur beim Après-Ski geträllert? In Slowenien wird solch ein Lied auch gespielt, wenn sich Diplomaten die Hände schütteln. Natürlich nicht irgendein Partygegröhle, sondern die *Zdravljica,* die offizielle Staatshymne. Die war nämlich tatsächlich ursprünglich mal ein Trinklied (ja, das ist schon eine Weile her). Der Text dazu stammt von France Prešeren (1800–49), den du in Ljubljana als Riesenstatue neben den Dreibrücken triffst. Seinerzeit verhalf er der slowenischen Sprache (die nur von den Bauern, nicht vom Adel gesprochen wurde), mit seiner Literatur zum Durchbruch. Daher feiern ihn seine Landsleute bis heute als Nationaldichter: Sein Geburtstag (8. Februar) ist übrigens „Tag der Kultur" und arbeitsfrei, außerdem dann kannst du an diesem Tag kostenlos in jedes Museum in Slowenien!

GRÜNER WOHNEN

Ljubljana ist grün, allerdings nicht hinter den Ohren. In Sachen Umweltschutz ist die slowenische Hauptstadt sogar ziemlich ausgeschlafen: Mit einem nachhaltigen Konzept wurde sie 2016 zur „Grünen Hauptstadt Europas" gekürt. Mülltrennung gibt es schon ziemlich lange, fest installierte Mehrwegtonnen mit Chipkarte vor den Häusern in der City auch – und das funktioniert so gut, dass sogar die Müllgebühr gesenkt wurde. Kurzerhand wurde der Autoverkehr aus der Innenstadt verbannt, ein tolles Bike-Sharing-System eingeführt und grasgrüne E-Vehikel *(Kavalir),* die müde Stadtbesucher kostenlos durch die Innenstadt tuckern. Die Stadtreinigung putzt die Straßen mit Regenwasser, überall findest du Brunnen und

KLISCHEE KISTE

OUTDOOR FREAKS

Sonnenschein? Dicke Wolken? Völlig egal, wenn es darum geht, die Wanderschuhe zu schnüren oder die Skier auszupacken. In jeder freien Minute suchen die Slowenen eines der beiden A-Ziele auf: Alpen oder Adria. Das höchste Gipfelglück im Land ist der Triglav, der gezackte Dreikopf: Da muss ohnehin jeder „richtige" Slowene einmal hinauf. Ein Sonntag im Bett? Unvorstellbar für die meisten Slowenen. Wozu hat man denn Berge und Meer (fast) vor der Haustür?

DIE SCHWABEN DES BALKANS

In Jugoslawien galten die Slowenen als die „Schwaben" des Vielvölkerstaats: Sie waren korrekt, fleißig, und was sie anpackten, machten sie gut. Die besten Produkte des Landes kamen aus dem slowenischen Landesteil, und so verdienten die Slowenen auch mehr als die Brudervölker im Süden. Das gilt immer noch, auch für Frauen, die in Slowenien (fast) so viel Gehalt wie die Männer bekommen. Machos sind die Slowenen ohnehin nicht, schon gar keine vom Balkan – denn dazu gehört Slowenien nämlich gar nicht. Ostblock? Nein, denn Jugoslawien war blockfrei. Lange hat Slowenien an seinem Image gefeilt, um sich von der Slowakei und Slawonien (Teil Kroatiens) abzuheben.

Trinkhähne mit kostenlosem Wasser. Nächstes Ziel: Ljubljana will eine *Zero Waste*-Stadt mit nur ganz wenig Restmüll pro Einwohner werden. Die Stadt ist auf dem besten Weg.

Andere Städte tun es Ljubljana nach: Maribor, Kranj und Ptuj setzen ähnliche Ökovehikel im Zentrum ein. Hotels, Reisebüros und Co. erhalten das „Ökolabel Slovenia Green" für besonders umsichtigen Umgang mit der Natur. Und die gibt es in Slowenien reichlich, denn mehr als die Hälfte des Landes ist immerhin Waldfläche: Rafting, Wandern etc. – alles naturnahe und beliebte Aktivitäten. Auch die Hotelbranche denkt langsam um und setzt auf Nachhaltigkeit, mit schonendem Ressourceneinsatz, Bio-Food und der Verwendung regionaler Baumaterialien, was auch bei Urlaubern gut ankommt. Also alles im grünen Bereich? Nicht ganz: Der Atomreaktor Krško, den Slowenien mit Kroatien betreibt, ist nicht nur Umweltschützern ein Dorn im Auge. Der steht nämlich auf erdbebengefährdetem Gebiet. Die Pläne für einen zweiten Block liegen aber erstmal auf Eis. Oder sollte man sagen: auf der grünen Wiese?

KATZENGEJAMMER

Jammern und Fluchen auf Slowenisch: echt tierisch! Den Bärenfluch kennst du ja nun bereits. Die Slowenen stoßen jedoch noch mehr tierische Flüche aus, wenn etwas mal so richtig schiefläuft. Das geht dann so: „Soll dich doch die Wespe stechen!" („Naj te osa piči!") oder „Die Henne soll dich treten!" („Naj the koklja brcne!"). Wenn der Kopf nach einer langen Partynacht dröht, haben auch die Slowenen einen „Kater" („Imam mačka"). Und wenn es so richtig fies in den Schläfen pocht, ist das sogar ein „Tiger" („Imam tigra"). Miau – alles klar?

BELLA SLOVENIA

Ja, was denn nun? Lendava? Lendva? Nicht wundern, wenn der Ortsname doppelt auf dem Schild steht – auf Slowenisch und auf Ungarisch. Das findest du im Nordosten häufig. In Istrien wird aus Koper hingegen Capodistria, aber auch der Wegweiser zum Parkplatz taucht auf Slowenisch und Italienisch auf. Überhaupt ist der italienische Einfluss in Istrien groß – auch wenn die meisten Italiener noch zu Titos Zeiten ausgewandert sind. Im Prekmurje, jenseits der Mura, ist der ungarische Einfluss spürbar: Da gibt es Wörter, in denen ein „ü" gesprochen wird, das die Slowenen sonst nicht kennen. Im slowenischen Parlament sind sowohl die Italiener als auch die Ungarn vertreten.

Die deutsche Minderheit ist hingegen sehr klein – und wird auf nur wenige hundert Menschen geschätzt. Aber keine Sorge, den deutschen Spracheinfluss merkst du oft noch in der Umgangssprache, was dir manchmal weiterhelfen kann: Vielleicht steigst du ja bei einem Weinbauern unweit der österreichischen Grenze ab. Dann kannst du ganz locker mit ihm fachsimpeln – ohne einen Brocken Slowenisch zu verstehen. Auf dem Hof wird sicher irgendwo eine *lojtra* (Leiter) herumstehen oder das *imergrin* (Immergrün) blühen. Wenn er dich mag, wird er dir vielleicht ein *štamperl* (Stamperl) *šnops* (Schnaps) einschenken. Alles verstanden?

BIENENFLEISSIG

Honig gehört aufs Brot? Nicht nur. Viele Slowenen sind begeisterte Imker, und vielerorts findest du wirklich leckeren Honig und große Leidenschaft für die Bienenzucht. Nun wird der süße Aufstrich auch als Lifestyletrend vermarktet, genannt Api-Tourismus (Latein. *apis* = Biene). Das geht so: Imker öffnen ihre Bienenhäuser, du kannst den Kopf reinstecken, Blütenstaub und Pollen einatmen und dich auf das Summen konzentrieren – perfekt zum Runterkommen. Andere Imker drehen mit dir Wachskerzen, kneten dich bei einer Honigmassage so richtig durch und schenken dir einen Honigsekt ein. Falls du dich mal wie Biene Maja fühlen willst, kannst du im Honigdorf bei Mozirje übernachten – in wirklich abgefahrenen wabenförmigen Chalets (Buchung: *authentic-routes.com* oder *beehappy.si*).

WEIN? GUT!

Die innovativen Winzer des Landes verhelfen dem heimischen Wein zu der Anerkennung, die ihm gebührt. Das biologisch bewirtschaftete Weingut *Movia (Ceglo 18 | Dobrovo v Brdih)* bringt Jahr für Jahr Spitzenprodukte hervor. Ebenso wie das preisgekrönte Gut der Familie Pucer in Istrien *(Nova Vas 60 | Sečovlje)*. *Čotar (Gorjansko 18 | Komen)* hat es sich zur Aufgabe gemacht, alte Reben wiederzubeleben. Das Ergebnis kann sich sehen – und schmecken – lassen!

So kann man's aushalten: In der Freizeit treibt es die Slowenen in die Natur

ESSEN
SHOPPEN
SPORT

Treffpunkt für Party People: Biergarten in der Altstadt von Ljubljana

ESSEN & TRINKEN

Palatschinken, Paprika, Pasta: Die slowenische Küche ist ein wunderbarer Mix ihrer Nachbarküchen, natürlich mit eigener Note. Sie kommt ohne Schnickschnack aus. Ihr Geheimnis? Regional und saisonal!

MULIKULTI

Die slowenische Küche ist wie ein bunter Eintopf: Darin finden sich Gewürze und Kochtraditionen aus Italien, Österreich und Ungarn, aber auch Balkan-Food. Alle Nachbarn haben ihren Senf dazu gegeben. Alpen, Adria und Pannonische Tiefebene treffen in dem kleinen Land nicht nur aufeinander, sondern kommen sich richtig nah: Sind das nun italienische Gnocchi? Oder österreichische Nockerln? Nichts da! Das sind slowenische *njoki,* und die werden bitte schön mit frischen Steinpilzen serviert. Polenta gibt es nur im italienischen Friaul? Nein, die zählt doch zu den Lieblingsbeilagen der Slowenen, aus goldgelbem Maisgrieß *(polenta)* oder herber, aus Buchweizen *(ajda).* Vieles wirkt ähnlich, ist aber anders – slowenisch eben.

NACH OMAS REZEPTEN

Der Küchenchef pickt sich auf dem Wochenmarkt die besten Tomaten raus, das Biofleisch stammt aus dem Nachbardorf, und der Salat aus dem eigenen Garten schmeckt so, wie ein Salat nur schmecken kann. Regionale, frische Zutaten sind den Slowenen heilig. Gekocht wird nach alten Traditionen. Mit regionalen Zutaten, die die slowenischen Wälder großzügig hervorbringen – etwa Pilzen für die Suppe oder Beeren für den Strudel.

TIERISCH GUT

Slowenisches Essen ist Bauernküche. Deftiges, das die Feldarbeiter lange sättigte, hat sich bewährt: Eintöpfe mit hausgemachter Wurst, Rüben oder

Deftig und lecker: Sauerkrauteintopf Jota (li.), Čevapčiči (re.),

Sauerkraut. Kartoffeln und Trockenfleisch dürfen auch mit hinein. Jede Region hat ihre eigenen Eintöpfe: Ganz im Osten, an der ungarischen Grenze, ist *Bograč* populär, eine Art Gulasch mit viel Paprika. In Slowenien findest du auch viele Wurstsorten: Auch das hat Tradition, da früher die Menschen ihre Schweine selbst schlachteten und das mit Schlachtplatten *(koline)* feierten. Traditionell ist auch der beliebte *pršut*, der im kalten Bora-Fallwind *(burja)* im Karst luftgetrocknet wird. Ein Relikt aus jugoslawischen Zeiten sind *Čevapčiči*, würzige Hackfleischröllchen – die ziemlich angesagt sind. Überhaupt stehen Balkan-Grillteller hoch im Kurs. Der Adria-Zugang sichert den Fisch, etwa den hochgelobten Wolfsbarsch der *Fonda Fischfarm* (S. 92). Die Soča bringt die beliebte Marmorata-Forelle hervor, die in Maismehl geschwenkt zubereitet wird. Veggies sollten sich an salzige Strudelteigrollen, *štruklji*, halten – einfach köstlich! Leckere Pizza und Pasta, aber auch Risotto lassen die Nähe zu Italien erahnen.

PLATZ FÜRS ESSEN

Bäuerlicher Rustikalstil mit Kachelofen und Eckbank ist eigentlich nicht unbedingt dein Ding? Keine Sorge, in einer *gostilna*, einem Gasthaus, bekommst du dafür meist das leckerste Essen. Natürlich hausgemacht. Unter Gastwirten scheint dort ein ungeschriebenes Gesetz zu gelten: „Mach dem Gast ein wenig mehr auf den Teller, als er eigentlich essen kann!" Das gefällt dir? Dann solltest du auch mal in einem Touristischen Bauernhof *(turistična kmetija)* einkehren, wo nur nach Vorbestellung gekocht wird. Eine Speisekarte gibt es dort meist nicht, aber ohnehin vertrauen die Slowenen lieber

INSIDER-TIPP
Rustikal, deftig, reichlich

dem Gastwirt: Sie fragen ihn nach seiner Empfehlung, die sie dann bestellen. Natürlich gibt es auch gute Hotelrestaurants oder Slow-Food-Tempel, für die viele Gäste aus Österreich oder Italien über die Grenze pilgern: Junge slowenische Köche begeistern hier mit ihren kreativen Schöpfungen. Achtung: Sonntags haben viele Lokale geschlossen. Das Mittagessen *(kosilo)* wird meist von 11 bis 14 Uhr serviert, bei einer *Malica,* einem kleinen, leichten Tagesgericht, kannst du sparen. Oft ist es ein leichtes Löffelgericht, das du bis 12.30 Uhr bekommst. Zeit fürs Abendessen? Meist 18 bis 23 Uhr.

PROST!

Zum Essen gehört ein guter slowenischer Wein. Faustregel: Weiße Weine wie Muskat, Welschriesling, Furmint, Riesling oder der Graue Pinot gedeihen besser im Osten, rote Sorten wie Merlot besser im Westen. Klar gibt es auch Ausnahmen, etwa in Istrien: Da solltest du herben roten Teran oder Refošk probieren oder den weißen Malvazija. Top-Winzer, die internationale Preise einfahren, sind Movia, Čotar, Istenič, Edi Simčič, Ščurek oder Dveri Pax. Wenn du lieber den Deckel beim Öffnen der Flasche zischen hörst, bist du mit den großen Marken *Union* (Ljubljana) und *Laško* oder *Zlatorog* (beide aus Laško) solide bedient. Angesagter sind Craft-Biere aus Mikro-Brauereien, z.B. *Human Fish,* benannt nach dem englischen Wort für Grottenolm. Nach dem Essen gönnt man sich gern einen Schnaps: Birne, Traube oder Kräuter – Hauptsache *domače,* hausgemacht. Ein super Durstlöscher ist das wunderbar perlende Mineralwasser *Radenska,* mit den „drei Herzen" auf dem Logo. Das Wasser *Donat Mg* enthält so viel Magnesium, dass ein Glas pro Tag reicht!

Straßenimbiss: gebratene Maiskolben

SÜSSE GRÜSSE AUS DER K.U.K.-ZEIT

Du kommst an Süßem nicht vorbei? Kein Problem! Slowenische Kuchentheken im Café sind genau dein Ort, um schwach zu werden: Mehlspeisen, Kuchen und Palatschinken, in bester K.u.k.-Backtradition findest du überall – also alles, was genau nicht zu einer Low-Carb-Diät passt. Keine Frage: Wer nach so viel deftigem Essen noch Platz für ein Dessert findet, hat bestimmt slowenische Gene. Oder jahrzehntelange Übung ...

Unsere Empfehlung heute

Vorspeisen

KRAŠKI PRŠUT
Luftgetrockneter Karstschinken

Eintöpfe

BOGRAČ
Kesselgulasch mit drei Fleischsorten und Paprika (Originalrezept aus der Region Prekmurje)

RIČET
Rollgersteneintopf (Ritschert/Gerstbrei)

JOTA
Dicker Eintopf mit Sauerkraut, Bohnen und Speck

Getreide- & Teiggerichte

ŠTRUKLI
Gefüllte Strudelteigrollen, wahlweise mit Frischkäse, Bohnen oder Spinat

ŽLIKROFI
Teigtaschen aus Idrija, mit Kartoffeln, Grieben und Zwiebeln gefüllt

AJDOVI ŽGANCI
Buchweizensterz, mit Griebenschmalz verfeinert

Fleisch & Fisch

KRANJSKA KLOBASA
Grobe Krainer Wurst mit Brot und Kren (Meerrettich)

SOŠKA POSTRV V KORUZNI MOKI
Soča-Forelle (Marmorata), in Maismehl gewendet und in Öl ausgebacken

Desserts

POTICA
Hefekuchen, wahlweise mit Walnuss, Mohn oder Quark gefüllt

PREKMURSKA GIBANICA
Lauwarm servierter Schichtstrudel mit Äpfeln, Frischkäse, Mohn, Blätterteig

KREMNA REZINA (KREMŠNITA)
Cremeschnitte mit Blätterteig und Puddingcreme (Originalrezept aus Bled)

Getränke

COCKTA
Koffeinfreie Jugo-Cola auf Kräuterbasis

ŠNOPS
Hausgebrannter Grappa

CVIČEK
Regionaler Roséwein aus Blaufränkisch und Welschriesling

SHOPPEN & STÖBERN

Wunderbar! Da duftet es nach Schinken, Wein, Schokolade – und gern würde man überall zugreifen. Essbare Naturprodukte sind die besten Souvenirs aus Slowenien. Doch auch Kunsthandwerk, ganz ohne Kitsch, und Design made in Slovenia sind tolle Mitbringsel!

FLÜSSIGES UND FESTES VOM BAUERN

Pack deinen Koffer voll mit Essbarem! In Slowenien findest du überall total gesundes Superfood. Auf dem Wochenmarkt und direkt vom Bauern schmeckt es am besten. Wenn du mit dem Auto unterwegs bist, fährst du am besten die Weinstraßen entlang, um beim Winzer ein paar gute Flaschen Wein *(vino)* oder selbstgebrannten Grappa (*šnops* oder *žganje*) einzupacken. In Istrien solltest du die preisgekrönten Olivenöle *(oljčno olje)* von Vaja Dujc oder Morgan probieren. Der Nordosten ist für schwarzgrün leuchtendes Kürbisöl *(bučno olje)* bekannt. Die Kürbiskerne werden zu köstlichem Pesto verarbeitet – das gibt's auch in allen Delikatessen- und Souvenirshops. Auch immer lecker: Kräutertees aus den Alpen oder Honig aus Radovljica. In den Shops der Touristeninformation (TIC) findest du Regionales, auch zum Essen.

SALZIG MACHT LUSTIG

Das Meersalz aus den Salinen von Sečovlje bei Piran macht gute Laune! Hast du schon mal Zartbitterschokolade probiert, die mit Fleur de sel *(solni cvet)* verfeinert ist? Echt zum Dahinschmelzen! Die Salzblüte peppt kalte Gerichte auf. Für Salzkruste, die deinen Fisch im Ofen saftig umhüllt, kaufst du lieber das grobkörnige, ungemahlene Meersalz. Etwas nicht Essbares ist dir lieber? Ein Salzpeeling mit Olivenöl rubbelt deine Haut glatt,

Schöne Souvenirs: Bienenkorbbrettchen (li.) und Meersalz aus Piran (re.)

und im Rosen-Badesalz kannst du entspannt untertauchen. Die hochwertigen Salzprodukte findest du in den Shops von *Piranske soline (soline.si)*, in Delikatessen- und Souvenirläden, aber auch in größeren Supermärkten.

PRAKTISCH PLASTIKFREI

Kinder, Küche, Krimskrams: In Slowenien kannst du dich und deine Liebsten prima plastikfrei ausstatten. Hochwertige Holzprodukte wie Holzschalen, Spielzeugautos und dekorative Bienenkorbbrettchen bekommst du hier zu fairen Preisen – und kurbelst damit das alte Handwerk an. Das Epizentrum der Holzproduktion ist Ribnica, du findest die hübschen Sachen aber auch auf Märkten (z. B. in Ljubljana) oder in Souvenirshops. Aus Istrien stammen z. B. fein geschliffene, hochwertige Olivenholzlöffel ohne Ecken und Kanten.

INSIDER-TIPP
Gut Holz!

FILZPUSCHEN WIE VON OMA

Warum auch immer: Die Slowenen sind verrückt nach Filzpantoffeln! In jedem Haus gibt's Puschen *(copati)* für die Gäste. Die sind meist mausgrau und flach, zum Ineinanderstecken. Nun gibt's Omas Fußwärmer auch in Bonbonfarben, mit fluffigen Pompons oder Glitzerpailletten – auch fürs Hotelzimmer superpraktisch. Handgefertigt z. B. bei *IKA (tgl. | Čiril-Metodov trg 14 | Ljubljana | trgovinaika.si)*.

ECHT SPITZENMÄSSIG

Spitzen erinnern dich an Omas Vintage-Küchenfenster? Die handgeklöppelten aus Idrija, die ziemlich berühmt sind, können auch anders: Richtig stylish sehen sie als hauchdünner Spitzenkragen, Ohrringe oder Einsatz in Abendkleidern aus – nicht nur in unschuldigem Weiß! Du findest sie in Idrija *(Studio Koder | Mestni trg 16)* oder Ljubljana *(Mestni trg 17)*.

SPORT

Slowenien ist ein einziger großer Outdoor- und Freizeitpark unter freiem Himmel. Mit Feuereifer stürzen sich die Slowenen auf neue Sportarten, bei denen man sich draußen richtig auspowern kann. Steile Felswände hinaufkraxeln? Mit dem Kajak durch die Tropfsteinhöhle paddeln? Egal, wofür du dich entscheidest: Slowenien bietet so viele Freizeitmöglichkeiten, dass es jammerschade wäre, die Ferien nur in der Stadt oder am Strand zu verbringen!

RAFTING, KANU & KAJAK

Es spritzt, tost und braust während einer Raftingtour entlang der Soča – der Spaßfaktor ist enorm. Und die Farben erst! Smaragdfarbenes Wasser wie hier erlebst du sonst (fast) nirgendwo. Ab der Einmündung der Koritnica nördlich von Bovec wird es richtig rasant, da brauchst du Können und Technik. Rafting kannst du vor Ort lernen, in Bovec oder Kobarid gibt es mehrere Anbieter (z. B. *socarafting.si*). Wenn du Erfahrung im Flusswandern mitbringst, kannst du eine Tour auf der Krka oder Kolpa im Südosten Sloweniens buchen, z. B. bei *K2M (Pionirska cesta 3 | Dolenjske Toplice | Tel. 07 3 06 68 30 | k2m.si)*. Wildwasser 1, 2 oder 3? Such dir deine persönliche Challenge bei einer Kanutour auf den beiden Sava-Zuflüssen bei Bohinj aus *(Pac Sports | Ribčev Laz 60 | Tel. 04 5 72 34 61 | pac-sports.com)*. Mit dem Kajak auf unterirdischen Wasserläufen durchs aufgelassene Bergwerk Mežica – das erlebst du mit *Mountain Bike Nomad (Jamnica 10 | Prevalje | Tel. 02 8 70 30 60 | mtbpark.com)*.

STAND-UP-PADDLING (SUP)

Bei einer geführten SUP-Tour auf der Ljubljanica kannst du die Brücken Ljubljanas von unten bestaunen, wenn das Wetter passt, sogar ganzjährig *(2*

Sportliches Abenteuer: mit dem Kajak im Wildwasser der Soča

Std. | *visitljubljana.com).* Auch am See von Bohinj findest du SUP-Boards *(bananaway.eu)*, beim SUP-Yoga kommst du richtig runter *(pac.si).* An der Küste kannst du bei einer Tour von Strunjan zur Mondbucht Kormorane bestaunen, die auf Beute warten *(halosup.si).*

INSIDER-TIPP
Mein Freund, der Kormoran

TAUCHEN

Ein Tauch-Hotspot ist das Riff am Kap Rt Madona in Piran. Dort liegt auch ein Schiffswrack auf Grund. In der Fiesa-Bucht hast du eine prima Sicht und kannst auch nachts tauchen. Infos bei *TIC (portoroz.si)* oder bei den Tauchschulen, z. B. *SUB-NET (sub-net.si).*

KLETTERN

Beim Klettern am steilen Felsabbruch kannst du dich richtig auspowern. Die berühmteste Freeclimber-Wand Sloweniens (ca. 200 Routen, Schwierigkeitsgrade 6–8) findest du oberhalb des Karstdörfchens Osp nahe Koper. Die überhängende Wand Velika Stena kickt so richtig. An mittelschweren Wänden wird im Soča- und Trenta-Tal rund um Bovec, Kobarid und Tolmin geklettert. Ausrüstung und Touren: *soca-valley-freeride.com*. Beste Zeiten fürs Klettern sind Frühjahr und Herbst. Eisklettern an gefrorenen Eiszapfen organisiert *Mamut (slovenija.eu.com).*

RAD FAHREN

Bergauf? Bergab? Oder lieber entspannt am Fluss entlang? Gemütliche Touren durchs Pannonische Flachland verlaufen im Nordosten Sloweniens, entlang der Flüsse Mura und Drava *(dravabike.si).* Ein einfacher Trail (14 km) führt durch das Logar-Tal (fast) bis zum Rinka-Wasserfall. Auf der aufgelassenen Parenzana-Schmalspurbahntrasse kannst du in Istrien radeln. Falls du lieber bergauf und bergab fährst, findest du im Pohorje-Gebirge bei Maribor 500 km MTB-Revier. Die Mountainbike-Trasse *Trans Slovenia 01* verbindet die Julischen Alpen über das Soča-Tal mit der Adriaküste. Steil geht es vom Dreiländereck Italien-Slowenien-Österreich bei Rateče über das Karawanken-Massiv bis Dravograd. Downhill-Action ist im *MTB-Park* bei Kranjska Gora angesagt *(bike-park.si)*. Spannend ist das Höhlenradeln durch 5 km unbeleuchtete, unterirdische Gänge im Berg Peca. Ausgerüstet mit Helm und Lampe fährt man unter Tage durch das aufgelassene Bergwerk *Mežica (podzemljepece.com)*.

ZIPLINE

Ein Vogel auf dem Draht? So dürftest du dich fühlen, wenn du – gut festgegurtet – hoch über der Učja-Schlucht hängst, mit Blick auf das Tal von Bovec und den Nationalberg Triglav. Eine der längsten Ziplines in Europa lässt dich auf zehn Routen bis zu 60 km/h über den Canyon rauschen *(Soča Rafting | 57 Euro | Tel. 041 72 44 72 | zipline.si)*. Steil schwebst du über die weltbekannte Sprungschanze in Planica und bleibst dabei niedrig überm Boden, erreichst aber auf 566 m innerhalb weniger Sekunden bis zu 85 km/h. Dein Kind (ab 1,20 m) fährt einfach im Tandem mit *(planica-zipline.si | 25, Tandem 40 Euro)*. Familienfreundlich (ab 6 J.) ist auch die Zipline *Dolinka* bei Bled, mit Alpenblick *(ab 54 Euro | zipline-dolinka.si)*.

PARAGLIDING

Gleitschirmflieger treffen sich am Berg Vogel über dem See von Bohinj. Auf 1200 m Höhe hast du die Julischen Alpen voll im Blick. Flug pro Passagier 165 Euro *(Pac Sports | Ribčev Laz 50 | Tel. 04 5 72 34 61 | pac.si)*.

Schöne Pisten vor herrlicher Kulisse: Mountainbiker an der Küste

REITEN

Slowenien ist das Land der Lipizzaner. Auf dem Gestüt Lipica kannst du auf diese edlen Pferde steigen. Dafür musst du aber Erfahrung mitbringen *(lipica.org)*. Mal etwas anderes: auf Island-Ponys durch den Triglav-Nationalpark traben. Die Ranch *Mrcina (Studor | Srednja vas v Bohinju | rancmrcina.com)* organisiert Reittrecking, gibt Unterricht und unternimmt Ausritte. Schön ist auch ein Ausritt auf die Pokljuka-Ebene bei Bohinj *(bohinj.si)*. *Mamut (slovenija.eu.com)* bietet Reittouren ab Bled an, rechne mit 50 Euro für den Ausflug *(ab 10 Jahre | 2 Std.)*.

SKI & SNOWBOARDEN

Die Julischen Alpen im Norden sind perfekt, um den Hang hinabzubrettern. Kranjska Gora gilt dort als bestes Wintersportgebiet: 20 km Pisten und 40 km Loipen. Kinder werden die Rodelbahn lieben! Am See von Bohinj wird auf dem Vogel gewedelt *(bohinj.si)*, wo acht Lifte 23 km Pisten erschließen. Rails, Schanzen und Boxen sorgen für den Adrenalinkick. Familienfreundlich ist das Skigebiet Krvavec nördlich von Ljubljana, mit Skiteppich, Kinderkarussell und Snow Park. Dort kannst du auch Nachtrodeln. Oder probier's mal mit Snowbiking:

INSIDER-TIPP Winterradeln

Du radelst einfach durch den Schnee, dafür musst du nicht Skifahren können – eine echte Gaudi!

Zu den größten Skigebieten zählt das Pohorje-Gebirge mit dem Gipfel Rogla bei Maribor. Du kannst 40 km Piste hinabfegen, Langlaufen oder Schneeschuhwandern. Freestyler mögen den *Fun-Park* mit Slopestyle-Piste und die *Big-Air-Schanze* für coole Sprünge. Bis auf 2300 m Höhe geht's am Kanin bei Bovec (32 km Pisten, 12 Lifte) grenzüberschreitend ins italienische Sella Nevea *(boveckanin.si)*. Das Pokljuka-Plateau im Triglav-Nationalpark ist ein mit 1300 m Höhe schneesicheres Langlaufrevier mit gespurten Loipen. Mit dem Einheits-Skipass kannst du alle slowenischen Skigebiete nutzen *(slovenia-outdoor.com)*. Die meisten Skilehrer sprechen Englisch oder Deutsch.

WANDERN

In den Bergen kommst du so richtig runter: Mehr als 10 000 km Wanderwege wurden markiert. Durch den Nationalpark Triglav führen fünf Hauptwege. Ein echtes Erlebnis ist hier die Tour durch das „Tal der sieben Seen". Mit Kindern stemmst du eine leichte Wanderung rund um den Bleder See (6 km) oder zum Wasserfall Savica bei Bohinj. In der Soča-Schlucht erwarten dich Mega-Ausblicke auf den Canyon, ein nicht zu anspruchsvoller Weg führt dich zu den Highlights der Region (8 Std.). Wunderschön ist die Hirtenalm Velika planina bei Kamnik, vor allem im Frühjahr, wenn die Krokusse blühen. Logarska dolina gilt als das schönste Gletschertal weit und breit. Direkt am Meer ist das Naturreservat Strunjan mit seinen Steilklippen perfekt zum Entschleunigen. Ideal zum Power-Wandern sind der Fernwanderweg *Via Dinarica (viadinarica.com)* durch den slowenischen Karst oder der Alpe-Adria-Trail (*alpe-adria-trail.com*, auch als App).

DIE REGIONEN IM ÜBERBLICK

Mur
Raab
Rába
Kainach
Laßnitz
MAGYARORSZÁG
Murska Sobota
Mura
Maribor
Drava
Slovenj Gradec
Ptuj
Mura
Drava
Dravinja
Rogaška Slatina
MARIBOR & DER NORDOSTEN S. 102
Savinja
Celje
Entspannt in heißen Thermalquellen und bei gutem Wein
Sava
Brežice
Trebnje
Kiko
HRVATSKA
Novo Mesto
PIRAN & DER SÜDEN S. 76
Kočevje
Kupa
Vinica
Kupa
Mediterrane Lebenslust und Tropfsteinwelten
Korana
Mrežnica
Glina
BOSNA I HERC.
Rab

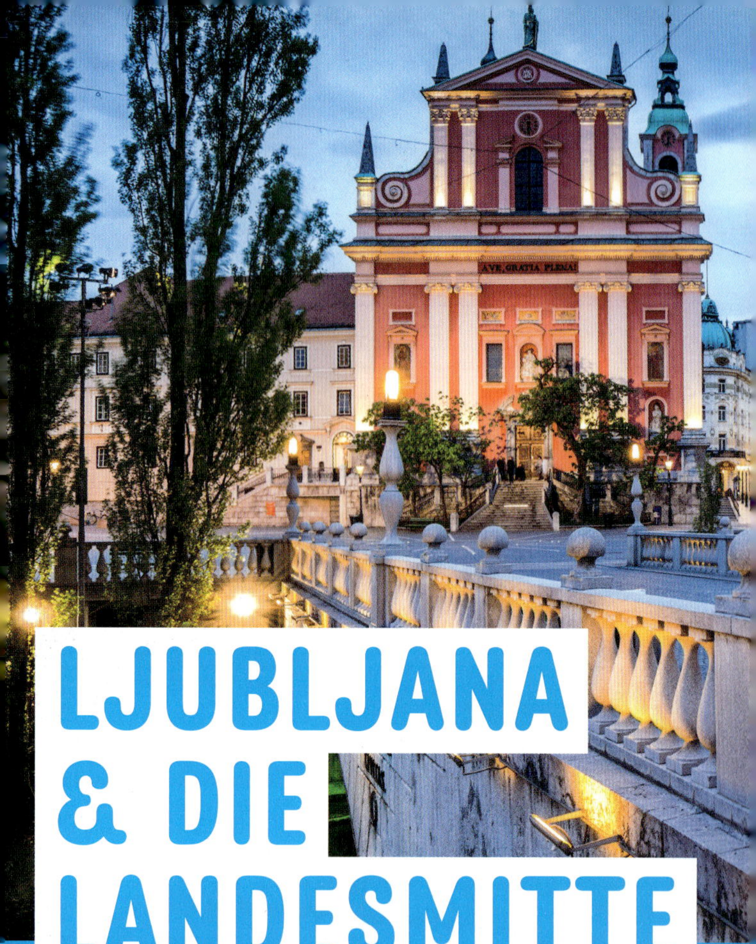

LJUBLJANA & DIE LANDESMITTE

LEBENDIGES ZENTRUM

Willkommen in Sloweniens Mitte! Ljubljana ist der weltoffene Magnet des Landes, der alle anlockt. Da muss man aber auch einfach hin; mit Burgberg über der Altstadt, hübschen Fassaden und hippen Geschäften gibt es viel zu entdecken!

Klingt romantisch? Ist es auch. Und gemütlich. Aber auch urban. Eine tolle Mischung – mit kurzen Wegen innerhalb der Stadt. Du kannst dort ganz lässig alles zu Fuß entdecken. Und auch, um die perfekte Alpenromantik zu erleben, musst du gar nicht weit fahren:

Dreibrücken (Tromostovje) mit der Franziskanerkirche in Ljubljana

Da gibt es wunderbare kleine Städtchen wie Kamnik oder Škofja Loka mit Pflastersteinen, Bogenbrücke und Schlossberg und, weiter östlich, Celje mit seiner riesigen Burg. Überhaupt findest du in dieser Ecke Sloweniens zahllose Schlösser auf Hügeln, die früher das Fleckchen Land verteidigen sollten. Du kannst aber auch unter die Erde gehen, in ein Bergwerk, z. B. in Idrija oder Velenje. Oder in wunderbarer Natur wandern – alles nur einen Katzensprung von der Hauptstadt entfernt.

LJUBLJANA & DIE LANDESMITTE

MARCO POLO HIGHLIGHTS

★ **TROMOSTOVJE**
Wer hatte sein erstes Date nicht an Plečniks berühmter Drillingsbrücke?
➤ S. 45

★ **METELKOVA MESTO**
In Ljubljanas Grafitti-Areal trifft man sich zu Street-Art und coolen Konzerten
➤ S. 51

★ **ŠKOFJA LOKA**
Lebendiges Hochmittelalter in Bischofslack ➤ S. 52

★ **VELIKA PLANINA**
Hirtenhäuser auf luftigen Hochalmen
➤ S. 53

★ **LOGARSKA DOLINA**
Ein idyllisches Tal für Sportbegeisterte
➤ S. 53

★ **CILLIER DECKE**
Ein Meisterwerk der Illusionen ➤ S. 55

★ **BURGMUSEUM IDRIJA**
Quecksilber und Spitzen ➤ S. 58

Sankt Andrä
Griffen
Lavamünd
Drau
Bleiburg/Pliberk
Dravograd
Drava
1
425
Ravne
na Koroškem
Mežica
4
14 Zinkbergwerk Mežica
Slovenj Gradec
SLOVENIJA
Šoštanj
13 Kohlebergwerk Velenje
Velenje
225
A1
Žalec
Celje
S. 54
Savinja
Žalec 12
107
Cillier Decke
5
11
Celjska Koča
78 km, 50 Min.
A1
Laško
Hrastnik
Zagorje ob Savi
Sava
108
Radeče
Litija
9 Schloss Bogenšperk
5
15 Sevnica
Višnja Gora
8 Stična
A2
10 km
6.21 mi

LJUBLJANA (LAIBACH)

(◫ E4–5) **Schon der Name sorgt für Glücksgefühle: Ljubljana, „die Geliebte". Eine Metropole, aber eine überraschend kleine. 285 000 Menschen leben hier, das klingt irgendwie nach Puppenstube. Doch Ljubljana ist eine echte Hauptstadt, mit allem, was es dazu so braucht.** Es gibt eine hübsche Burg, viele Barock- und Jugendstilfassaden, wunderbare Shops, in denen man sich verlieren kann, aber auch spannende Museen. Entlang der Ljubljanica, die sich ganz gemütlich durch die Altstadt zieht, geben Kneipen und Restaurants den Blick auf den Fluss frei – da will man gar nicht mehr weg. Mediterrane Leichtigkeit offenbart sich hier von ihrer schönsten Seite. Drei Selfie-Hotspots solltest du dir merken: Die Burg *(Ljubljanski grad)* hoch über der Stadt, die Drachenbrücke *(Zmajski most)* mit dem grün verwitterten Wappentier von Ljubljana und die Dreibrücken *(Tromostovje)* am zentralen Prešeren-Platz. Ein perfekter Tag in Ljubljana? Bummel einfach über die vielen Brücken, die sich über die gemächlich fließende Ljubljanica spannen, häng ein Liebesschloss an die Metzgerbrücke, fang die bunten Farben auf dem zentralen Markt von Ljubljana ein. Und schau im alternativen *Metelkova mesto* vorbei: Dort gibt es drei moderne Museen an einem Platz, abends kannst du gleich ein Bierchen in einem der Clubs zischen und bei einem Konzert abrocken. Alles, was du hier erlebst, tut dir gut: Ljubljana wartet darauf, entdeckt zu werden!

WOHIN ZUERST?

Tromostovje *(◫ c–d4)*: Die „Dreibrücken" sind idealer Startpunkt für die Stadtbesichtigung, die vom Prešeren-Platz in die Altstadt führt. Von hier sind alle Highlights zu Fuß erreichbar. Die Altstadt in der Ljubljanica-Schleife, die Gassen am anderen Ufer und ein Teil der Slovenska cesta sind Fußgängerzone. Zentral Parken? Im Parkhaus am Kongresni trg oder rund um den Bahnhof; von dort kannst du in die Altstadt laufen (Parkgebühr ab 1,30 Euro/Std.).

SIGHTSEEING

BURG (LJUBLJANSKI GRAD)

Surrend schiebt sich der Glaskasten nach oben: Mit der Standseilbahn kommst du ratzfatz und ohne Schweißperlen auf den Burgberg hinauf. Start ist am Krekov trg, hinter dem Wochenmarkt. Oben auf der Burg kannst du auf den Aussichtsturm klettern, im modernen *Geschichtsmuseum* ein paar alte Langspielplatten anschauen oder dich im *Virtuellen Museum* in die Römerzeit versetzen lassen. Im *Puppentheatermuseum* triffst du ein paar nette Figuren. Du kannst aber auch kostenlos eine Runde durch den hübschen Park spazieren, hier schnappen die Stadtbewohner gerne frische Luft mit tollem

Strategisch ein guter Platz: Hoch über der Stadt thront die Burg von Ljubljana

Ausblick. *Tgl. 9–21, im Winter 10–20 Uhr | Eintritt Museen und Turm mit Standseilbahn 13 Euro | ljubljanski grad.si* | 🕮 d4

PREŠEREN-PLATZ (PREŠERNOV TRG)

Wer hatte sein erstes Date nicht im Schatten des slowenischen Nationaldichters France Prešeren? Der wacht als große Bronzefigur über dem wohl schönsten Platz Ljubljanas. Setz dich auf seinen Sockel und lass das Treiben auf dich wirken: Fünf Straßen verlaufen sternförmig vom Platz weg, und die barocke Franziskanerkirche strahlt in saftigem Himbeerpink. Wer früher im Jugendstil-Kaufhaus *Centromerkur,* heute *Galerija Emporium,* shoppen wollte, brauchte das nötige Kleingeld, daran hat sich seit 120 Jahren nichts geändert. Die *Zentralapotheke (Nr. 5)* erinnert ebenfalls an alte Zeiten: Früher trafen sich hier Literaten auf ein Kännchen Kaffee. 🕮 c–d 3–4

BRÜCKEN

Gleich mehrere Brücken spannen sich so elegant über das Flüsschen Ljubljanica, dass du sie unbedingt genauer unter die Lupe nehmen musst. Fang mit der Drillingsbrücke ★ ⚑ *Tromostovje (🕮 c–d4)* am Prešeren-Platz an: Die mittlere Brücke war früher zu schmal für die Tram (die damals noch fuhr). Der berühmte Architekt Jože Plečnik (1872–1957) verpasste ihr daher links und rechts je eine weitere Brücke, die sie seither begleiten. Als Dreiergespann mit verspieltem Geländer und Treppen ist sie echt wunderschön! Schau dir auch die Uferarkaden unterhalb an, die hat ebenfalls Plečnik entworfen. Vollgehängt mit Liebesschlössern ist die *Metzgerbrücke (Mesarski most) (📖 d3–4)*, die erst ein paar Jahre alt ist und zum Markt führt. Instagram-Lieblingsbrücke ist die *Drachenbrücke (Zmajski most) (📖 d3)*, eine Art-Nouveau-Brücke mit dem Wappentier Ljubljanas, das es als knuffige Plüschvariante („Dragomir") in vielen Shops gibt.

ALTSTADT

Shoppen, bis die Kreditkarte glüht: Das kannst du auf vier Plätzen, die eher wie eine lange Straße wirken. Von den Dreibrücken in Richtung Rathaus, mit dem Herkulesbrunnen davor, steuerst du direkt darauf zu. Und jetzt? Nach links oder rechts? Egal. Auf alle Fälle solltest du in beide Richtungen gehen, um die Top-Straßenzüge der Altstadt zu erleben: Mestni trg, Stari trg und Gornji trg gehen nahtlos ineinander über. In den netten, kleinen Shops, Restaurants und Cafés kannst du dich wunderbar verlieren. Falls es dich zuerst nach links zieht, kommst du an der barocken Nikolaus-Kathedrale am Čiril-Metodov trg vorbei zum Marktplatz und zur Seilbahn, die zur Burg hinauffährt. Lass dich einfach treiben! *📖 c–d 4–5*

DOM ST. NIKOLAUS (STOLNICA SV. NIKOLAJ)

Beim Bummel durch die Altstadt kommst du hier ohnehin vorbei. Wirf kurz einen Blick in die hübsche, barocke Kathedrale. Ein echter Hingucker sind die beiden Bronzetüren, die toll verziert sind! *Ciril Metodov trg* | *📖 d4*

ETNOGRAFISCHES MUSEUM (ETNOGRAFSKI MUZEJ)

Viel Glas prägt den modernen Klotz auf dem alten Kasernengelände Metelkova mesto: Das Museum ist eines von dreien am Platz. Check vorher, welche Wechselausstellung gerade stattfindet, die Themen sind kunterbunt und bringen die Welt nach Ljubljana. *Di–So 10–18 Uhr* | *Eintritt 6 Euro* | *Metelkova ulica 2* | *etno-muzej.si* | *📖 e3*

NATIONALBIBLIOTHEK (NARODNA KNJIZNICA) ⚑

Grauer Karststein, rote Ziegel, alles aus der Region. Dazu ausgestellte Fensterchen an der Fassade, die wie ein grobes Gewebe wirkt: Die Universitäts- und Nationalbibliothek, 1936–41 erbaut, ist ein echter Hingucker und gilt als eines der schönsten Werke von Jože Plečnik. Innen führt ein vollständig mit schwarzem Marmor verkleideter Aufgang hinauf ins Licht der Weisheit, den strahlend hellen Lesesaal. Den kannst du allerdings nur Sa besichtigen *(14.30–18 Uhr | Eintritt 5 Euro)*. Der Aufgang ist täglich geöffnet. *Turjaška 1* | *nuk.uni-lj.si* | *📖 c4*

SLOWENISCHES NATIONALMUSEUM (NARODNI MUZEJ)

Die Slowenen haben ein Rad ab? Ja sicher. Es ist sogar älter als die Pyramiden, stolze 5200 Jahre und damit wohl das erste Achsenrad der Welt. Gefunden hat man es im Moor von Ljubljana. Schau dir unbedingt auch das feine Porzellan und die Plüschsofas an, die perfekt zum alten Palais passen, in dem sich das Museum be-

Dekoratives Ensemble: Ljubljanas Stadtplatz mit Dom und Rathaus

findet. Kitschig-schön! *Tgl. 10–18, Do bis 20, Juni–Sept. Do, Sa bis 22 Uhr | Eintritt 6 Euro | Muzejska ulica 1 | nms.si |* 🕮 *b3*

TRŽNICA ☂

Knackige rote Äpfel, Feigen, Bohnen – alles wirkt ziemlich lecker und kunterbunt auf dem Markt. Schnupper an den Blumen, pack dir einen handgeflochtenen Korb als Souvenir ein oder bestaune die frischen Fische oder die hausgemachten Käse und Würste unter den geschwungenen Arkaden zwischen den Dreibrücken und der Drachenbrücke. Das ist auch super bei Regenwetter. Die Arkaden und der Markt erinnern – mit ein wenig Phantasie – an eine griechische Agora. Davon ließ sich Architekturgenie Jože Plečnik nämlich inspirieren. *Mo–Sa | Adamič-Lundrovo nabrežje |* 🕮 *D3*

ŽALE-FRIEDHOF

Das Reich der Toten stilvoll zu gestalten – dazu trat Jože Plečnik 1938–40 an. Ein monumentales, von schlanken Säulen getragenes und von Arkaden gesäumtes Tor führt in den Friedhof am nordöstlichen Stadtrand. Dahinter stehen sogenannte „Abschiedskapellen". Kühler, weißer Stein, gerade Linien und sachliche Formen bilden ein eindrucksvolles Entrée fürs bunte Gräbermeer. *Linhartova cesta |* 🕮 *0*

ESSEN & TRINKEN

DRUGA VIOLINA

Fair, regional und sozial: Das Gemüse wird in der Nähe von Ljubljana angebaut, der Mittagstisch ist günstig, und auch Vegetarier werden hier satt. Klingt gut? Dafür sorgen die netten Mitarbeiter des integrativen Lokals

Puristische Mode im coolen Showroom der Boutique Cliché

mit dem Namen „Zweite Geige", der auf deren Beeinträchtigungen anspielt. Super Altstadtlage! *Tgl. | Stari trg 21 | Mobiltel. 082 05 25 06 | facebook: drugaviolina | € | d5*

INSIDER-TIPP **Futtern wie bei Muttern**

GOSTILNA DELA

In dem unscheinbaren, hellen Lokal schmeckt das Mittagsmenü wie selbstgekocht. Das hausgebackene Ofenbrot ist zum Niederknien! Wenn deine Bestellung mal nicht hundertprozentig läuft, bleib entspannt: Wer hier arbeitet, hat Beeinträchtigungen oder eine Lücke im Lebenslauf und bekommt hier eine Chance! *Mo–Fr 8–16 Uhr | Poljanska cesta 7 | gostilnadela.si | € | d4*

GOURMET VEGAN

Im Hintergrund plätschert Jazz, während du in deinen saftigen Bio-Veggie-Burger beißt. Tolle Location im Zentrum. *Mo/Di 12–17, Mi 12–17, 19–22, Do/Fr 12–22 Uhr, Sa nur Reservierungen | Nazorjeva ul. 3 | Mobil 031 88 48 44 | gourmet-vegan.si | €€ | c3*

J. B. RESTAVRACIJA

Der Besitzer und kreative Kopf Janez Bratovž ist selbstbewusst genug, dem Restaurant seine Initialien als Namen zu geben. Klar, denn er zählt seit Jahren zu den besten Köchen Sloweniens. Das frische Gemüse aus der Region wählt er selbst auf dem Markt aus und kocht daraus slowenische Traditionsgerichte mit moderner Note. *So geschl. | Miklošičeva 17 | Tel. 01 4 30 70 70 | jb-slo.com | €€€ | d2*

JULIJA

Nostalgische Einrichtung, blau-weiße Kacheln an den Wänden, herzliche Bedienung und leckeres Essen mit mediterranem Einschlag: Das *Julija* ist ein angenehmer Ort mitten in der Altstadt. *Tgl. | Stari trg 9 | Tel. 01 4 25 64 63 | julijarestaurant.com | €€ | d4*

NOBEL BUREK

Hackfleisch, Käse oder Spinat? Den besten *Burek*, eine Art Schichtteig mit Füllung, gibt es an dieser Imbissbude 24/7: In der Mittagspause triffst du Krawattenträger, um Mitternacht Clubgänger. Top: Egal wann du kommst, der Burek ist immer heiß, direkt aus dem Ofen. *Miklošičeva 30 | € | d2*

ODPRTA KUHNA

An der frischen Luft schmeckt es besser! Im größten Open-Air-Restaurant Sloweniens, *Odprta kuhna* (Offene Küche), kannst du nicht nur Urban Food, sondern auch feinstes Slow Food probieren. Das ist die Chance, auch eher teure Restaurants aus ganz Slowenien einfach zu testen oder lokale Weine aus dem ganzen Land. Die Stimmung ist unglaublich gut: Hol dir etwas zu essen, setz dich auf eine Holzbank oder auf die Stufen am Platz und genieß die entspannte Atmosphäre. *Ende März–Okt., Fr 10–15 Uhr | Pogačarjev trg | d4*

INSIDER-TIPP
Kulinarischer Überblick

RIBCA

Fisch! Gegrillte Sardinen, dazu ein Glas Malvazija. Das simple Mittagslokal mögen auch die Marktleute, die direkt darüber, unter den Plečnik-Arkaden an den Dreibrücken, arbeiten. *Mo 8–16, Di–Sa 8–21, So 11.30–18 Uhr | Adamič-Lundrovo nabrežje 1 | Tel. 01 4 25 15 44 | ribca.si | € | d4*

SARAJEVO 84

Leckeres, deftiges Balkan-Food und Retrobilder der Olympischen Spiele von Sarajevo an den Wänden, das ist der Style dieses Lokals. Mit den Ćevapčići im knackigen Fladenbrot fährst du super, aber nimm vielleicht nicht unbedingt die größte Portion – da braucht es schon ein wenig Übung, um alles aufzuessen! *Tgl. ab 10 Uhr | Nazorjeva 12 | Tel. 01 4 25 71 06 | sarajevo84.si | €€ | c3*

SHOPPEN

CLICHÉ

In einem todschicken Showroom zeigt die slowenische Modedesignerin Jelena Pirkmajer ihre puristische Mode. *Novi trg 6 | cliche.si | c4*

FLOHMARKT

Flohmarkt mit Kultstatus: Vintage-Style, Jugo-Flaggen und Trödel werden jeden So 8–13 Uhr an der Ljubljanica (Breg) feilgeboten. *c4–5*

SMILE CONCEPT STORE

Formschöne, handverlesene Dinge gibt's in dem minimalistischen Shop; auch viele slowenische Designer kannst du hier entdecken. *Mestni trg 6 | smileconceptstore.si | c4*

SPORT & SPASS

HAUS DER EXPERIMENTE (HIŠA EKSPERIMENTOV)

Sich wie ein Fakir auf Nägeln ausbreiten, von einer Riesen-Seifenblase umhüllen lassen? Deine Kinder erleben an 40 interaktiven Experimentierstationen, wie Physik, Chemie und Co. im Alltag funktionieren. Alles gut erklärt, die Mitarbeiter helfen gerne. *Di–Do 10–13, Mi auch 16–20, Sa/So 11–19 Uhr | Eintritt 7 Euro (5–99 Jahre.) | Trubarjeva cesta 39 | he.si | e4–5*

TIVOLI-PARK

Im größten Park der Stadt, der bis ins Zentrum reicht, ist immer was los:

Schau dir an der Hauptpromenade die Open-Air-Galerie mit den Fotowänden an. Mach ein Selfie vorm *Schloss Tivoli*, trink einen Kaffee im *Schweizer Haus (bistro-svicarija.si)*. Sa/So kannst du in der kostenlosen „Bücherei unter Baumkronen" *(Do–So, knjiznicapod krosnjami.si/en)* beim Fischteich entspannt im Liegestuhl in Büchern schmökern, da findet sich sicher auch was auf Englisch. Der Rožnik-Waldhügel hält dich fit. *a–b 1–3*

AUSGEHEN & FEIERN

Bevor es Nacht wird, bevölkern die Party-People die Kneipen, Cafés und Bars in der Altstadt an der Ljubljanica.

JAZZ CLUB LJUBLJANSKI GRAD

Eine tolle Location für Jazz, Blues & Co. ist die Felsenhalle auf der Burg. *Jeden Fr 21 Uhr | ljubljanskigrad.si | d4*

K4

Ljubljanas altgedienter Club steht nach wie vor für feinsten Electro und House. *Kersnikova ulica 4 | Tel. 01 4 31 70 10 | klubk4.org | c3*

KREUZHERRENSTIFT (KRIŽANKE)

Im Sommer gibt es vermutlich keine stimmungsvollere Location als das mittelalterliche Kreuzherrenstift: Vor Arkaden und Säulen mit Kapitellen wird hier Musik gespielt – für jeden Geschmack. Umgestaltet hat es, du ahnst es, Kultarchitekt Plečnik in den 1950er-Jahren. *Trg francoske revolucije | c5*

MAKALONCA

Eine der beliebtesten Lounges direkt an der Ljubljanica – entspannte Elektrosounds und das Plätschern des Flusses schaffen eine lässige Atmosphäre. *Hribarjevo nabrežje | c4*

Beste Aussicht zum kühlen Drink: Rooftop-Bar Nebotičnik

METELKOVA MESTO ★

Die alternative Szene trifft sich in diesem Graffiti-besprühten Komplex in Musikklubs und Bars: Die ehemalige Militärkaserne aus Jugo-Zeiten ist ein toller Ort voller Street Art. Hier kommst du bei einem Bierchen ganz entspannt mit netten Locals ins Gespräch. *Metelkova ulica | metelkova mesto.org | e2*

NEBOTIČNIK

An den Wolken kratzt er zwar nicht wirklich, aber als Ljubljanas Wolkenkratzer 1933 eingeweiht wurde, war er mit 70 m das höchste Gebäude in Südosteuropa. Stolz sind die Ljubljančani aber immer noch und treffen sich hier zum Sundowner in der Rooftop-Bar, mit perfektem Ausblick auf die Burg auf der anderen Seite der Altstadt! *So–Mi 9–1, Do–Sa 9–3 Uhr | Slovenska cesta/ Štefanova ulica | neboticnik.si | c4*

INSIDER-TIPP **Drink mit Aussicht**

SPRACHKURS

Wie sagt man „Guten Tag" auf Slowenisch? Die Basics der Landessprache lernst du beim Schnuppersprachkurs des *STIC Ljubljana (Krekov trg 10)* kostenlos *(Juni–Sept. Mi 17–18.30 Uhr).* Anmelden nicht nötig; einfach 5 Min. vor Beginn kommen und mitplaudern. *centerslo.si/en/courses-for-adults/courses/pocket-course*

STADTFÜHRUNGEN

Du willst hübsche Häuser mit Wow-Effekt sehen? Die interessantesten Ecken zeigt dir ein Guide, dem du anschließend so viel spendest, wie dir die Stadtführung wert war *(alternative toursljubljana.com).* Origineller sind Special-Interest-Touren: Auf den Spuren Titos mit dem Retrofahrrad „Pony" durch Ljubljana *(ljubljanaidea.com),* Graffiti-Stadttouren mit Sprayer-Workshop in Metelkova mesto oder feministische Stadtführungen *(ljubljanaal ternativetours.com).* Die Stadt sportlich entdecken geht beim (geführten) SUP mit dem Leihboard entlang der Ljubljanica *(bananaway.si).*

RUND UM LJUBLJANA

1 ŠMARNA GORA

12 km/17 Min. mit dem Auto über die Landstraße

Da musst du hinauf, auf der Jagd nach dem perfekten Morgenlichtfoto: Der Berg (669 m) ist bei Sonnenaufgang ein grandioser Ort! Du kannst den wabernden Nebel unter dir fotografieren. Auf dem Bergbuckel triffst du viele Gläubige, die zur Wallfahrtskirche hinaufpilgern. Verpflegug brauchst du nicht: Bestell dir in der gemütlichen *Gostilna Ledinek (smarnagora.com)* den deftigen Graupeneintopf *Ričet* und dazu einen handgepflückten Kräutertee. Wie du hochkommst? Auf dem Wanderweg ab der Siedlung Tavcen *(Parkplatz oder Bus Nr. 15 ab Ljubljana)* bist du ca. eine Stunde unterwegs. *E4*

INSIDER-TIPP **Dampfende Kräuter**

2 ŠKOFJA LOKA (BISCHOFSLACK) ★

23 km/30 Min. mit dem Auto über die Landstraße

Ein hübsches Städtchen (12 000 Ew.) mit Mittelaltercharme und fast intaktem Stadtkern! Die perfekte Kulisse für einen romantischen Spaziergang. Verschaff dir einen Überblick auf dem Burghügel über der Stadt: Oben begrüßt dich das mächtige Stadtschloss *Loški grad* mit Regionalmuseum und einem kleinen Schlossgarten, durch den du bummeln und die Aussicht genießen kannst. Dann geht's runter zur Hauptstraße Mestni trg, die sich quer durch die Stadt zieht. Schau dir die bunten Fassaden der Häuser (15.–17. Jh.) an: Da finden sich hübsche Erker und Fensterchen. Das schönste Fotomotiv der Stadt ist die Kapuziner-Steinbrücke, die sich bogenförmig über den Fluss spannt und von alten Häusern eingerahmt wird. In den Häusern am Spondnij trg, dem „Unteren Platz", lebten früher Handwerker: Im Erdgeschoss befanden sich ihre Werkstätten, oben Küchen und Schlafzimmer. Das Gasthaus *Pr' Starman (So geschl. | Stara Loka 22 | Tel. 04 5 12 64 90 | gostilnastarman.si | €€)* verpasst mittelalterlichen Rezepten einen modernen Touch. 🕮 D4

3 KRANJ

30 km/30 Min. mit dem Regionalzug

Kranj hat nicht nur einen schönen mittelalterlichen Stadtkern mit dem aufgehübschten *Schloss Kishlstein* (Sommerkonzerte!) vor Alpenkulisse, sondern auch eine spannende Location direkt unter der Altstadt: ein 1,3 km langes Tunnelsystem, das im Zweiten Weltkrieg als Luftschutzraum angelegt wurde. Diese Unterwelt kannst du bei einer Tour besichtigen und dabei sogar einen Fliegeralarm erleben, der akustisch simuliert wird *(Führungen Di und Fr 17, Sa/So 10 Uhr oder auf Anfrage bei der TIC Kranj | Eintritt 3 Euro | ⏲ 1 Std. | Glavni trg 2 | visitkranj.com).* Der Tunnel führt zum grünen *Kokra-Canyon,* der die Stadt aufregend durchschneidet. An zwei Wochenenden im November wird im Tunnel Wein verkostet *(Vinska pot | Termine bei der TIC).* 🕮 D4

4 KRVAVEC

30 km/30 Min. mit dem Auto über die Autobahn und Landstraße

Das Gebiet rund um den Krvavec ist ein beliebtes Ski- und Wanderrevier. Es gibt aber noch eine besondere Attraktion: In der Seilbahngondel könnt ihr euch zu zweit, zu dritt oder zu viert ein leckeres Abendessen servieren lassen. Dieser Ausblick! Vergiss das Essen nicht, auch wenn der Blick auf die Kamniker (Steiner) Alpen wundervoll ist. Auch für Veggies *(Termine: 1–2 Mal pro Monat | 59 Euro | jezersek.si/en | rtc-krvavec.si | ⏲ 2 Std.).* 🕮 E4

INSIDER-TIPP
Schlemmen in luftiger Höhe

5 KAMNIK

28 km/30 Min. mit dem Auto über die Landstraße

Ein tolles Alpen-Panorama erlebst du im mittelalterlichen Städtchen Kamnik (13 000 Ew.): Dazu kletterst du am besten auf den Felsen der Kleinen Burg *(Mali grad)* mitten in der Stadt.

Oben kannst du über das Dachziegelgewirr mit den Gipfeln der Kamniker (Steiner) Alpen im Hintergrund staunen: das perfekte Fotomotiv. Zur Alten Burg *(Stari grad)*, die mit 800 Jahren eigentlich die jüngere ist, kommst du zu Fuß. Beachte unterwegs die bunten Fassaden in der Suteška ulica! *E4*

6 VELIKA PLANINA ★

50 km/90 Min. mit dem Auto bis zur Talstation der Seilbahnen an der Straße nach Kamniška Bistrica

Du musst kein Power-Wanderer sein, um einen traumhaften Tag auf dem Berg zu verbringen. Die Pendel- und Kabinenseilbahnen bringen dich auf die Hochalmen der Velika Planina, an die sonnigen Hänge der Kamniker (Steiner) Alpen. Dort erwartet dich eine der größten Hirtensiedlungen in Europa – mit 60 Hütten, die mit Holzschindeldächern gedeckt sind. Umwerfend das lila Krokusmeer, das hier im Frühjahr leuchtet! Im Sommer ziehen Hirten mit ihren Kühen und Schafen umher. Eine der Hütten ist ein Museum, dort zeigt dir ein Hirte die Feuerstelle, und wie der traditionelle Käse *Trnič* gemacht wird. Außerhalb der Siedlung gibt es Almhütten, in denen du auch übernachten kannst *(Buchung über airbnb.com)*. Im *Zeleni Rob (€)* kannst du deftigen Jota-Eintopf oder Sauermilch probieren. *Seilbahn in der Nebensaison stdl., sonst Dauerbetrieb | velikaplanina.si | E4*

7 LOGARSKA DOLINA ★

67 km/90 Min. mit dem Auto über die Landstraße

Alpencharme aus dem Bilderbuch: Das Logar-Tal gehört zu den schönsten Gletschertälern in Europa; es schmiegt

Almhütten und Schäfer auf dem Hochplateau der Velika Planina

sich zwischen Zweitausender-Gipfel mit weißen Spitzen und sattgrüne Wiesen. Den zweithöchsten Wasserfall, Rinka, der 90 m tief hinabstürzt, hörst du schon aus der Ferne rauschen. Ein 7 km langer Lehrpfad durchs Tal führt dich dorthin. Am Wasserfall vorbei wanderst du, flankiert von Felsen, auf die Alm (ca. 90 Min.). Deine Brotzeit kannst du auf der Hütte *Dom na Okrešlju* ordern. *E3*

8 STIČNA

36 km/30 Min. mit dem Auto über Autobahn und Landstraße

Die Angst vor Angriffen war groß: Mit mächtigen Mauern und einem Wassergraben sollte das älteste Kloster Sloweniens geschützt werden. Pustekuchen! Nach dem Türkenangriff musste es wieder aufgebaut werden, mit gotischem Kreuzgang, viel Stuck und blumiger Bemalung. Die Mönche von Stična verkaufen hausgemachten Kräutertee und Naturheilmittel gegen alle möglichen Zipperlein. In einem winzigen Teezimmer kannst du ihre Teesorten probieren. *Führungen Di–Sa 9, 10, 11, 12, 13, 14, 15, 16, So 14, 15, 16 Uhr | Eintritt 8 Euro | Stična 17 | Ivančna Gorica | mks-sticna.si | F5*

INSIDER-TIPP
Altes Kräuterwissen

9 SCHLOSS BOGENŠPERK

47 km/50 Min. mit dem Auto über Autobahn und Landstraße

Das aufgehübschte Renaissanceschloss auf einem Hügel wäre die perfekte Kulisse für einen Märchenfilm! Mit rauschenden Bällen hatte der frühere Burgherr, der Universalgelehrte Valvasor (1641–93), aber wenig am Hut: Statt zu feiern, schrieb er Bücher (3500 Seiten!) und zeichnete Karten. Im Burgrestaurant *Grajska Krčma (April–Okt. Fr–So | €€)* kannst du dir nach der Schlossbesichtigung ein Stück Kuchen gönnen. *Juli/Aug. 9–18, sonst 9/10–14/16/18 Uhr | Eintritt 5,50 Euro | bogensperk.si | F5*

10 SLOWENISCHES TECHNIKMUSEUM (TEHNIŠKI MUZEJ)

25 km/25 Min mit dem Auto über Autobahn und Landstraße

Ein Muss für Technikfans ist die Sammlung von Luxuskarossen, mit denen sich der jugoslawische Staatschef Tito herumkutschieren ließ. Die 15 blitzblank polierten Nobelschlitten beeindrucken auch Nicht-Autofans! Außerdem alte Jugo-Mofas, Traktoren oder das älteste Auto Sloweniens (von 1906). Die Location selbst, ein altes Kloster, ist schön und weitläufig! *März–Mai, Sept.–Dez. Di–Fr 8–17, Sa/So 9–19, Juni–Aug. Di–So 9–19 Uhr, Jan.–Feb. geschl. | Eintritt 6,50 | im Kloster Bistra bei Vrhnika | tms.si | 2–3 Std. | D5*

CELJE (CILLI)

(G4) **Die Bewohner der drittgrößten slowenischen Stadt (38 000 Ew.) begrüßen sich mit *Serbus* (Servus), trinken *Pir* (Bier) und geben sich gemütlich.**

Beim Stadtbummel kommst du an hübschen Erkern, Stuckfassaden und geduckten Häusern vorbei, von denen hin und wieder der Putz blättert.

Das Mittelalter lebt: Burg von Celje mit Wehrgang und Weitblick

Macht aber nichts, die Altstadt ist gerade deswegen sehr charmant, und über allem thront eine mächtige Burg. Dort lebten übrigens die Grafen von Cilli, die im Mittelalter unabhängig von den Habsburgern waren. Die Stadt ist aber noch älter: Schau dir die antiken römischen Straßen an, auf die man bis heute bei Bauarbeiten stößt – beim *TIC (Glavni trg 17)* kannst du im modernen Foyer Reste dieser Römerstraßen kostenlos bestaunen.

SIGHTSEEING

BURG OBERCILLI (STARI GRAD)

Foto-Alarm! Von der riesigen Burgruine *Stari grad* hast du einen tollen Rundumblick. Die mächtigen Mauerringe sind eindrucksvoll, und wer's mag, findet dort sogar ein Gruselkabinett mit rot ausgeleuchteten Foltergerätschaften. Im Burghof kannst du gegen Ritter kämpfen oder den Bogen mal richtig überspannen, natürlich nur beim Armbrustschießen *(April–Okt.)*. Als Krönung hast du dir einen hausgemachten Kräuterdrink im Burgcafé *Veronika* verdient. *Ttgl. 10–16 Uhr, Frühling/Sommer länger | Eintritt 6 Euro | visitcelje.eu | 1–2 Std.*

ALTE GRAFEI (STARA GROFIJA)

Kopf hoch! Im Regionalmuseum, das sich auf zwei Paläste verteilt, darfst du ruhig Hans-guck-in-die-Luft spielen. Das musst du sogar, wenn du unter der berühmten ★ *Cillier Decke* stehst: An Pfeilern und Fassaden vorbei schaust du dort in einen luftigen Innenhof. Am Deckenrand lächelt dich hier ein Burgfräulein, dort ein Knappe an. Keine Sorge, alles ist nur gemalt und eine wirklich perfekte Illusion – schon seit über 400 Jahren. *März–Okt. Di–So 10–18, Nov.–Feb. Di–Fr 10–16, Sa 9–13 Uhr | Eintritt 5 Euro | Muzejski trg 1 | pokmuz-ce.si | 1 Std.*

Rund um Žalec wächst der Hopfen, der fürs Bierbrauen benötigt wird

FÜRSTENHOF (KNEŽEV DVOR)

Eine Stadt unter der Stadt? Im Keller des Fürstenhofs, der zum Regionalmuseum gehört, gehst du auf Zeitreise: Du läufst auf antiken Römerstraßen, die hier ausgegraben wurden. *Zeiten wie Alte Grafei | Trg Celjskih knezov 8 | 1 Std.*

ESSEN & TRINKEN

GOSTILNA FRANCL

Im Traditionslokal kannst du steirische Gerichte, viele mit Buchweizen, probieren. In den Topf kommt nur, was Saison hat. *So/Mo geschl. | Zagrad 77 | Tel. 03 4 92 64 60 | gostilnafrancl.si | €€*

SHOPPEN

DOMAČA ŠTACUNA

In diesem sympathischen Hofladen kannst du dich mit Likör, Kürbiskernöl oder Weinen aus dem Umland eindecken – alles bio! *Stanetova ulica 1 | facebook: domacastacuna*

AUSGEHEN & FEIERN

TAMKOUČIRI

Vintage oder Retro? Auf alle Fälle gemütlich: Im angesagten Café treffen sich Kreative auf ein Bier oder einen Snack. *Tgl. | Gosposka 1 a | facebook: krcma tamkouciri*

RUND UM CELJE

11 CELJSKA KOČA

10 km/18 Min. mit dem Auto über die Landstraße

Wohin zum Sonntagsausflug? Die alte Berghütte von Celje gehört zu den Lieblingszielen der Städter, sie wurde modern aufgehübscht. Im guten Restaurant *(tgl. | €€)* kannst du slowenisches Essen bestellen, während sich deine Kinder auf dem Holzspielplatz austoben. Und dann? Ab auf den Affenbaum! Der Klettertrail nebenan erfordert Balancierkünste (ab 5 J.), die Sommerrodelbahn kickt! *Pečovnik 31 | celjska-koca.si | G4*

12 ŽALEC

9 km/13 Min. mit dem Auto über die Landstraße

Plitsch, platsch plätschert der Brunnen. Nicht so in Žalec. Dort zischt er, ehe bräunliche Flüssigkeit ins Glas rinnt. Klingt nach Bier? Ja! Das Städtchen im Savinja-Tal, im größten Hopfen-Anbaugebiet Sloweniens, hat den einzigen Bierbrunnen *(Fontana piv)* der Welt. *(April–Okt., Kernzeit 11–17, Juni–Aug. bis 20/21 Uhr | beerfountain.eu).* Freibier für alle? Nicht ganz. Zuerst musst du dir ein Spezialglas mit Mikrochip am Kiosk besorgen (8 Euro), ehe du dich durch die sechs Biersorten zapfen kannst – aber jeweils nur 100 ml. Also alles unter Kontrolle! Im Sommer triffst du hier nette Biker, Radfahrer und Familien. Nebenan gibt's Streetfood und einen Spielplatz. Noch mehr Gerstensaftiges? Gibt's im *Museum für Hopfenanbau und Brauwesen (Mo–Fr 9–17, Sa 9–12 Uhr | 4 Euro)* in einem alten Trockenhaus ein paar Straßen weiter. Die alten Dielen duften wunderbar nach Hopfen: Schau dir die alten Bierflaschen und den Kurzfilm (dt. Untertitel) an, der zeigt, wie der Hopfensaft gemacht wird. Und vergiss nicht, im Shop Hopfenschokolade oder lokales Bier mitzunehmen! Der Hopfenweg (14 km) führt durchs Anbaugebiet. G4

INSIDER-TIPP
Zischende Zapfhähne

13 KOHLEBERGWERK VELENJE

25 km/30 Min. mit dem Auto über die Landstraße

Kumpel auf Zeit: Helm auf, Anzug an und los! Ex-Bergarbeiter, die hier früher Kohle gefördert haben, bringen dich mit dem Lift 160 m unter die Erde. Du fährst mit der Stollenbahn ein, schaust dir die Grube und das Museum an. Zum Schluss hast du dir ein echtes Bergarbeiter-Lunchpaket verdient: Eine Krainer Wurst, die im Eintrittspreis enthalten ist. *Di–Sa 9–16.30, Führungen 9, 12, 14 Uhr | Eintritt 11, Kinder 7,50 Euro (Mindestalter 6 J.) | Stari Jašek | muzej.rlv.si | F3*

14 ZINKBERGWERK MEŽICA

67 km/80 Min. auf der Landstraße

Tief unter dem Berg Peča an der österreichischen Grenze erlebst du echte Action. Wo früher Zink gefördert wurde, fährst du in den Berg ein. Stirnlampe an, und los geht's mit dem Rad, 5 km durch die Erde *(2,5 Std., ab 10 J.).* Du kannst aber auch – 700 m unter der Erde! – im Kajak paddeln, denn einige Stollen wurden geflutet. Zu viel Action? Dann ab zu Fuß mit einer Führung durch den Stollen (ab 5 J.), auch das ist aufregend! Vergiss nicht zu reservieren. *Zeiten: Bike 10, Bahn 9, 11, 13 und 15, Kajak 9, 11 Uhr | Bahn: 12, Kinder 9 Euro, Bike: 40 Euro (inkl. Rad), Kajak 47 Euro | Glančnik 8 | Mežica | podzemljepece.com/en | F3*

15 SEVNICA

41 km/45 Min. über die Landstraße 5 nach Süden

Eigentlich war Sevnica ein unaufgeregtes Städtchen an der Save. Dann stoppten die ersten Busse mit US-Touristen, Journalisten zogen durch die Straßen. Warum? Hier wurde die First Lady der USA, Melania Trump, als Melanija Knavs geboren. US-Künstler Brad Downey widmete ihr hier eine klobige Skulptur auf der grünen Wiese: Doch die „Motorsägen-Melania" wurde angezündet und die angekokelte Figur wieder entfernt. Im *Hotel Ajdovec (Trg svobode 1 | hotel-ajdovec.com)* kannst du trotzdem „First-Lady-Feeling" atmen. Probier dort die berühmte „Torta Melanija": sahnig, mit weißen Schokoflügeln und einem Hauch Gold. Und schau dir auch das hübsche Schloss von Sevnica mit dem Weinkeller an *(grad-sevnica.com)*. *G5*

INSIDER-TIPP
First-Lady-Torte

IDRIJA

(C5) **Hinter den sieben Bergen, bei den sieben Zwergen, da liegt Idrija, am Fluss Idrijca. Die Zwerge fahren mit Pickel und Lämpchen in den Berg ein, um „flüssiges Silber" zu fördern.**

Echt jetzt? Frag doch mal einen Slowenen, was er mit dem Städtchen Idrija (6000 Ew.) verbindet! Das ist für Spitzen und gefüllte Žlikrofi-Teigtaschen bekannt. Und für Quecksilber! Ein halbes Jahrtausend wurde das flüssige Metall hier gefördert – Idrija galt als zweitgrößte Quecksilbermine der Welt, ehe die Vorkommen versiegten. Heute zählt das Bergbauerbe – ein Schloss, die Schächte, das Wasserrad *Kamšt* – zum Unesco-Weltkulturerbe.

SIGHTSEEING

ANTONIUS-STOLLEN (ANTONIJEV ROV)

Im Dämmerlicht unter Tage bauen lebensgroße Puppen Quecksilber ab. Bevor es in den Stollen hinabgeht, werden die Besucher erstmal durch einen Film (Engl.) eingestimmt. Grubenführer führen durch die geheimnisvolle Innenwelt des Berges, erklären, woher das Quecksilber kommt, und zeigen, wie es abgebaut wurde. Der Eingang zum Antonius-Stollen wurde schon im 16. Jh. gelegt und gilt als einer der ältesten Stolleneingänge in Europa. Standesgemäß werden alle Besucher als Bergleute ausstaffiert. *Dez.–Feb. Sa/So 10 und 15, März–Nov. tgl. 10 und 15, So auch 16, Juni–Sept. auch tgl. 12 und 14, Familienführungen März–Nov. Sa/So. 14.30 Uhr | Kinder ab drei J. | Eintritt Stollen 13, Schmelzanlage/Ausstellung 8 Euro | cudhg-idrija.si*

BURGMUSEUM (MESTNI MUZEJ) ★

Quecksilber machte die Stadt einst berühmt und die Direktoren und Verwalter des Bergwerks reich, denn die lebten im hübschen Renaissanceschloss *Gewerknegg* (1527): Schau dir den farbenfrohen Innenhof mit seinen Arkaden an, der ist wirklich schön. *Tgl.*

9–18 Uhr | Eintritt 7 Euro | Prelovčeva ulica 9 | muzej-idrija-cerkno.si

WASSERRAD AM JOSEFSSCHACHT (IDRIJSKA KAMŠT)

Imposant: Europas größtes Wasserholzrad mit 13,60 m Durchmesser pumpte 1790–1948 am 283 m tiefen Josefsschacht. Angetrieben wurde es vom Wasser der Idrijca, das, über 3,5 km herangeleitet, stolze 100 PS Leistung erbrachte. *Tgl. 9–18 Uhr | Eintritt 4 Euro | Vodnikova ulica 20*

ESSEN & TRINKEN

PRI ŠKAFARJU

Im Zentrum von Idrija kannst du die berühmten *žlikrofi* probieren. Die Schoko-Frucht-Törtchen sind mit feinster weißer Idrija-Spitze verziert – aus Zuckerguss! *Tgl., Mo nur mittags | ul. Sv. Barbare 9 | skafar.si*

INSIDER-TIPP
Süße Spitze

RUND UM IDRIJA

16 PARTISANENHOSPITAL FRANJA

25 km/30 Min. mit dem Auto über die Landstraße

Das enge, abgelegene Tal des Flüsschens Černiščica bei Cerkno war ein ideales Versteck: Ab 1943 zogen die Partisanen hier ein Lazarett für ihre Verwundeten hoch, mit einem vorbildlich eingerichteten Versorgungssystem. Die Anlage mit Krankenzimmern, Küche und Isolierstation blieb nach Ende des Zweiten Weltkriegs als Denkmal des Befreiungskampfs erhalten – ein spannendes Stück Geschichte, das du hier mitten im Wald erleben kannst! *April–Sept. tgl. 9–18, Okt. 9–16 Uhr | Eintritt 7 Euro | pb-franja.si |* *D4*

Im Antonius-Stollen in Idrija wird die harte Arbeit unter Tage dokumentiert

BLED & DER NORDWESTEN

BERGE UND EIN TRAUMHAFTER SEE

Nur eins? Reicht doch! Slowenien hat genau *eine* „richtige" Insel und *einen* Nationalpark. Beide sind aber so wunderbar romantisch, dass es gar nicht mehr braucht, um sich zu verlieben! Die Insel: mitten im eisblauen Bleder See, mit Kirche und Alpenpanorama. Der Nationalpark: nach dem höchsten Berg des Landes, dem dreizackigen Triglav (2864 m), benannt, mit drei Felsköpfen, mitten in den Julischen Alpen. Der Nationalpark, der fast die Fläche von Berlin umfasst, lässt dich staunen: Du kommst durch Gletscher-

Wildromantische Gebirgswelt im Triglav-Nationalpark bei Kranjska Gora

täler, triffst Kühe auf Hochalmen und schnupperst an Blumen, die nur hier vorkommen, zum Beispiel am Julischen Mohn. Dort ein Steinbock, ein Schneehase, hier ein paar Gämsen. Vorbei an schäumenden Wasserfällen, durch das Tal der smaragdgrünen Soča – alles wirkt wie aus der Werbebroschüre. Fast, denn in der Region entlang der Soča wurde im Ersten Weltkrieg erbittert gekämpft: Wo früher die Front verlief, wanderst du heute in sattgrüner Natur zum Glück in friedlicher Mission.

BLED & DER NORDWESTEN

MARCO POLO HIGHLIGHTS

★ **BLED**
Ein See fürs Ja-Wort: Der See von Bled ist die perfekte romantische Hochzeits-Location ➤ S. 64

★ **VINTGAR-KLAMM**
Auf Holzstegen den Forellen hinterherhüpfen ➤ S. 66

★ **TRIGLAV**
Stolzer Alpengipfel mit Kultstatus ➤ S. 67

★ **BOHINJ**
Ein Traum für Wanderer und Trekkingfans: Gletscherseen und unberührte Natur ➤ S. 68

★ **SAVICA-FALL**
Spektakulärer Wassersturz vom Fels ➤ S. 69

★ **ALPINES MUSEUM MOJSTRANA**
Modernes Design mit vielen interaktiven Elementen ➤ S. 71

★ **VRŠIČ-PASS**
Sloweniens kühnste Alpenstraße bringt dich übern Berg ➤ S. 73

★ **SOČA-TAL**
Abenteuerliche Schluchten und ein wilder Fluss ➤ S. 75

BLED (VELDES)

(D3) ★ **Bled (6000 Ew.) gehört zu den absoluten Highlights in Slowenien – da musst du hin: ein See mit romantischer Inselkirche, eine Burg auf einem Steilfelsen und traumhafte Alpenkulisse drumrum.** Mehr Romantik geht kaum. Im Winter kannst du in der Umgebung Ski fahren, im Sommer tauchst du ins kühle Wasser ein oder drehst mit dem traditionellen Holzboot *Pletna* entspannt eine Runde auf dem See – das gehört zum Ausflug nach Bled einfach dazu. Spar dir die Parkplatzsuche: Der Hop-on-Hop-off-Bus verkehrt im Juli und Aug. an bestimmten Tagen, z.B. jeden Di, zwischen Bled, Radovljica und Kropa *(Tageskarte 8 Euro, Kinder bis 10 J. kostenlos | bled.si).*

SIGHTSEEING

BURG BLED (BLEJSKI GRAD)

Die Lieblings-Hochzeitslocation der Slowenen ist die Burg Bled: Die wurde auf einen Felsrand aufgetupft, der höher ist als ein Fußballfeld lang. Wenn du erst mal auf den Burgfelsen direkt überm Seeufer hinaufgekraxelt bist, hast du den Bleder See mit Alpenkulisse toll im Blick. Und wenn du schon oben bist, wirf einen Blick auf die alten Ritterrüstungen und den Schmuck im Burgmuseum *(Tgl. Nov.–März 8–18, April–Mitte Juni/Mitte Sept.–Okt. 8–20, Mitte Juni–Mitte Sept. 8–21 Uhr | Eintritt 11 Euro | Grajska cesta 61).*

BLEDER SEE (BLEJSKO JEZERO)

Was für ein Postkartenmotiv! Die *Pletna,* ein überdachtes Holzboot, nähert sich der Bleder Insel. Der Bootsführer rudert im Stehen, wedelt mit den Armen – das ist Kunst! Überhaupt darf nicht jeder hier rudern: Die Pletna-Lizenz wird seit Jahrhunderten nur weitervererbt. Wenn du auf Sloweniens einziger „richtiger" Insel angelegt hast, steig die 99 Stufen zur Kirche hinauf: Da ist schon so mancher Bräutigam ins Schwitzen gekommen, der seine Braut hinaufgetragen hat. Läute die Kirchenglocke, denn dann soll ein Wunsch in Erfüllung gehen. Oder kletter auf den Kirchturm. Im Inselcafé kannst du leckeren Kuchen probieren *(Bootsfahrt ab Strandbad Grajsko kopališče 14 Euro | Glockenturm 6 Euro).* Einmal den Bleder See umrunden muss sein. Du hast die Wahl: Zu Fuß kommst du selbst mit einem Kinderwagen herum. Bequemer geht es mit der Touristen-Bimmelbahn; total romantisch sind Kutschfahrten; die Fiaker warten an der Seepromenade *(Seeumrundung ca. 50 Euro).* Erfrischend ist das Wasser im Bleder See auch bei größter Sommerhitze. Im *Strandbad Grajsko kopališče (Eintritt 9 Euro)* unterhalb des Burgfelsens kannst du einen Sonnenschirm mieten oder das origienlle Fußball-Billard spielen, eine Art Kicken auf einem Billardfeld am Boden! Am Westende des Sees kannst du dein Badetuch am Strand *Zaka* ausbreiten, da bist du bei gutem Wetter aber nicht allein.

INSIDER-TIPP
Billard mit dem Fuß und ohne Tisch

1-a-Lage mit unverbaubarem Seeblick: die Burg von Bled

ESSEN & TRINKEN

BELVEDERE PAVILLON BLED

Ein Pavillon auf Betonstelzen direkt am See. Die perfekte Aussicht hast du, wenn du deinen Espresso auf der Panoramaterrasse schlürfst: mit Blick auf Wasser und Burg. Der Pavillon gehört übrigens zur Vila Bled, die früher Titos Residenz war (heute Luxushotel). *Mai, Sept. 11–19, Juni–Aug. 10–21 Uhr*

KAVARNA PARK

Das Kaffeehaus im Retrostil ist charmant: Hier musst du unbedingt die berühmten Cremeschnitten *(Kremne rezine)* probieren! Dafür fahren die Slowenen zum Sonntagsausflug her, und dann gehen schon mal 3000 Stück übern Thresen – an einem Tag! Nirgendwo schmecken die Kalorienbomben so gut! *Tgl. 9–21 Uhr | Cesta Svobode 15*

PEGL'ZN

In Slowenien geht das zusammen: Alpenschmankerl & mediterrane Küche. Du wirst auf jeden Fall satt. Übrigens: *Pegl'zn* heißt Bügeleisen. *Tgl. | Cesta Svobode 19 a | Tel. 04 5 74 42 18 | €€*

VILA AJDA

Der Place-to-be bei schönem Wetter. Und ach ja: Slowenische Küche gibt es hier, und die sogar ziemlich gut. *Di. geschl. | Cesta Svobode 21 | vi la-ajda.si | €€*

SHOPPEN

GALERIJA MIKAME

Galerie und Shop in einem: In die poppig-bunten Henkeltassen oder Handtaschen slowenischer Designer und Kunsthandwerker könnte man sich glatt verlieben. *Cesta svobode 15 | mikame.si*

SPORT & SPASS

Kurbel mal deinen Kreislauf an! Auf geht's zum bequemen Wanderweg auf den 634 m hohen Straža, den Hausberg von Bled. Das dauert 30 Min., als Goodie bekommst du einen Rundumblick auf See und Alpen. Bergab gibt's dann den Adrenalinkick auf der *Sommerrodelbahn (April–Sept. Sa/So 11–17, Juli/Aug. tgl. bis 20 Uhr | 9 Euro)*. Am Straža gibt es auch einen Kletterpark: Hier hängt der Wald voller Seilwippen, Strickleitern und Hängebrücken – ein Paradies zum Austoben. *Ab 4 J. | April–Mitte Juni Fr–So, Mitte Juni–Aug. tgl., Sept./ Okt. Sa/So | Eintritt 22, Kinder bis 7 J. 10, bis 14 J. 18 Euro | Pustolovski park Bled | Mobiltel. 031 76 16 61 | pustolovski-park-bled.si*

Vom Aussichtspunkt *Mala Osojnica* siehst du die Highlights von oben: den See, die Burg, die Insel! Ein teils recht schmaler Forstweg führt dich hinauf (ca. 30 Min.).

Ein rasantes Vergnügen sind Raftingtouren, Paragliding oder Canyoning, die *Funturist (Cesta svobode 4 | funturist.si)* organisiert.

RUND UM BLED

1 VINTGAR-KLAMM ★

5 km/7 Min. mit dem Auto

Wanderwunderwelt: Forellen flitzen durchs schäumende Wasser der Radovna, Holzstege führen an steilen Felswänden vorbei, überall wuchern Farne aus den Steinritzen. Dann bist du da: Der haushohe Wasserfall Šum rauscht vor dir hinab. Erst mal einen

Wunderbarer Wildbach: Das Rauschen in der Vintgar-Klamm entspannt so herrlich!

kühlen Drink am Kiosk, ehe es auf dem Rundweg zurückgeht. 1,6 km, das packen auch deine Kinder. Im Juli und August wird's rappelvoll, komm dann lieber erst am frühen Abend! *April–Nov. tgl. mind. 9–16, Juli/Aug. 7–20 Uhr | Eintritt 15, Kinder 1–4 Euro, Parken 5 Euro | vintgar.si |* *C–D3*

2 TRIGLAV ★

25 km/30 Min. mit dem Auto nach Mojstrana, Parkplatz bei der Hütte Aljazev dom, von dort zu Fuß weiter

Der Triglav ist ein Kultort; er gilt als der Nationalberg des Landes. Und so ist es für jeden Slowenen ein ungeschriebenes Gesetz, mindestens einmal im Leben auf den 2864 m hohen Triglav zu klettern. Das führt dazu, dass in der Saison (Juni bis Oktober) Kegelvereine, Punks, Turnschuhfamilien mit Kleinkindern und perfekte Outdoor-Freaks auf einem der drei Hauptaufstiegswege hinaufklettern. Kurz vorm Gipfel wird's steil, mit Drahtsicherungen, also nichts für schwache Nerven! Der Aufstieg dauert gut 10 Std. und ist nur mit Übernachtung im *Triglavski dom* auf 2515 m machbar.

Ausgangspunkte für Wanderungen im Nationalpark Triglav sind Bled im Osten, Bohinj im Süden, Kranjska Gora im Norden und Kobarid/Bovec im Westen. In der Kernzone bieten gut ausgestattete Berghütten Übernachtungsmöglichkeiten, die unter *pzs.si* gelistet und bei *Planinska Zveza Slovenije (Ob železnici 30 a | Ljubljana | Tel. 01 4 34 56 80)* oder online zu buchen sind. Sitz der Nationalparkverwaltung ist Bled *(Uprava parka | Ljubljanska 27 | Tel. 04 5 78 02 00 | tnp.si).* *C3*

3 RADOVLJICA

6 km/10 Min. mit dem Auto

Radovljica, meist nur Radol'ca genannt, macht dich glücklich! Das gilt zumindest im April, wenn hier das Schokoladenfestival stattfindet. Dann kannst du so viel Mandelnougat oder Zartbitter futtern, bis dein Gehirn genug Glücksbotenstoff Serotonin ausgeschüttet hat. Und sonst? Ist Radol'ca auch eine süße Stadt, die für ihr *Imkereimuseum* bekannt ist. Das findest du im Fürstenschloss *Thurnov grad,* wo du alles über die Bienenleidenschaft der Slowenen erfährst. Schau dir die hölzernen Stirnbrettchen der Bienenstöcke an – im Stil der naiven Malerei wird das Bauernleben abgebildet. Ein paar Häuser weiter kocht der Küchenchef der *Gostilna Lectar (Di geschl. | Linhartov trg 2 | Tel. 04 5 37 48 00 | lectar.com | €€€)* deftiges Fleisch mit Knödeln und Sauerkraut. Wirf einen Blick in seinen Keller, dort werden die berühmten knallroten Zierlebkuchen in einer Schaubäckerei gebacken und verziert *(2 Euro).* *D3*

4 KROPA

18 km/15 Min. mit dem Auto

Du machst gern Nägel mit Köpfen? Dann bist du im Schmiededorf Kropa richtig. Hier schäumt die Kroparica, die 600 Jahre lang die Räder des Hammerwerks antrieb. Dessen Endprodukt waren Nägel. In einer Schmiede kannst du sehen, wie früher gearbeitet wurde *(Kropa 10 | Anmeldung: Tel. 04 5 33 72 00 | Eintritt 2,50 Euro).* Leckere Polenta, Eintöpfe und Suppen gibt's beim *Pr' Kovač (Mo geschl. | Kropa 30 | Tel. 04 5 33 63 20 | €€).* *D4*

BOHINJ (WOCHEIN)

(🕮 C4) **Das Tal von ★ Bohinj ist für seinen hübschen Gletschersee und die unberührte Natur in der Umgebung bekannt.**

Von hier aus führen viele Trekkingwege durch die Julischen Alpen. Eingerahmt wird der See von den Hochplateaus der Pokljuka und Jelovnica. Im Sommer kannst du auf die umliegenden Berge wandern, im Winter Ski fahren oder Eisklettern.

SIGHTSEEING

RIBČEV LAZ

Willkommen am See! Im diesem winzigen Örtchen (100 Ew.) am Ostende des Sees ist immer etwas los, denn hier gibt es Hotels und Parkplätze. Geh mal zum Bootshaus hinunter, von dort hast du nämlich einen traumhaften Blick auf die Kirche *Sv. Janež Krstenik:* Die steht dort romantisch neben der alten Bogenbrücke aus Stein. Dort verlässt der Fluss den See, um als Wildwasser in Richtung Osten weiterzufließen.

SENNEREI-MUSEUM (PLANŠARSKI MUZEJ)

Alles Käse? Wie die Bauern früher auf traditionelle Art Schafskäse machten, erfährst du in der alten Dorfkäserei von Stara Fužina (Althammer). *Im Sommer Di–So 10–18 Uhr | Eintritt 3,50 Euro | Stara Fužina 181 | gorenjskimuzej.si*

ESSEN & TRINKEN

FOKSNER

Saftige Burger mit Fleisch von Tieren aus der Region, dazu Wedges und ein lokales Craft-Beer: Das angesagte Lokal steht zwar nicht in der vordersten Reihe mit Seeblick, ist dafür aber etwas günstiger als die anderen. *Tgl. 16–22 Uhr | Ribčev Laz 42 | facebook: foksner | €*

MAJER'CA

Das moderne, mit viel Holz gestaltete Restaurant setzt auf regionale Zutaten. Alte Rezepte werden kreativ aufgepeppt. Draußen sitzt du schön auf einer Holzterrasse mit unverstelltem Bergblick. *Tgl. | Stara Fužina 19 | Tel. 05 59 70 15 61 | majerca.si | €€€*

SPORT & SPASS

Im Hochseilgarten des *Adrenalinparks* kannst du dich beim Klettern auspowern oder eine Actiontour buchen. Anmeldung im *Hostel Pod Voglom (Ribčev Laz 60 | Tel. 04 5 72 34 61 | pac.si).*

Lass deine kleinen und großen Kinder auf geduldigen Islandponies am See von Bohinj entlangreiten, spannende Geländeritte oder eine gemütliche Kutschfahrt unternehmen *(Mrcina Ranch | Studor | Srednja vas v Bohinju | Mobil 041 79 02 97 | rancmrcina.com).*

Das Ausflugsschiff „Bohinj" verkehrt zwischen den beiden Enden des Bohinjer Sees *(April–Okt. tgl. 10–18 Uhr, alle 100 Min. | 9 Euro einf. Fahrt, 12 Euro retour).* Steig in Ribčev Laz oder Ukanc ein. Willst du lieber die eigene

Wie wär's mit einer gemütlichen Ruderpartie auf dem See von Bohinj?

Muskelkraft einsetzen, miete ein Ruderboot, Kanu, Kajak oder SUP-Board bei *Čolnarna Izi* bei der Kirche Sv. Janez Krstnik *(tgl. 10–18 Uhr | 7–9 Euro/ Std. | Stara Fužina 10 | Tel. 031 88 57 46)*. Wie wär's mit Canyoning? Touren durch die Canyons der Mostnica und Grmečica veranstaltet *Pac Sports (ab 59 Euro | Ribčev Laz 60 | Tel. 04 5 72 34 61 | pac.si)*.

RUND UM BOHINJ

5 SAVICA-FALL ★

8 km/13 Min. mit dem Auto und 30 Min. zu Fuß

Einer der bekanntesten Wasserfälle Sloweniens stürzt gut 80 m in die Tiefe, das ist schon spektakulär! Der Weg hinauf – treppauf und wieder treppab – ist etwas mühsam, aber lohnt sich. Ab der Hütte *Koča pri Savici* stapfst du in 30 Min. durch den Wald und die Savica-Schlucht locker hinauf. *Tgl. April–Okt. 9–17, Juli/Aug. 9–18 Uhr | Eintritt 3 Euro | ⊞ C4)*

6 STUDOR

4 km/45 Min. zu Fuß

In dem Museumsdorf kannst du alte Bauernhäuser entdecken und dir längst vergessene Alltagsgegenstände anschauen. Aber auch Dinge, die du heute noch überall siehst, etwa die berühmten Heuharfen, die in der Gorenjska (Oberkrain) häufig den Fahrbahnrand säumen. Sie heißen *toplar*, also „gedoppelt": Das sind Heuharfen, die durch ein Dach verbunden sind. *⊞ C4*

7 VOGEL

11 km/10 Min. mit dem Auto

Wenn du das Tal von Bohinj von oben bestaunen willst, surrst du mit der Kabinen- und Sesselbahn auf den Vogel (1922 m) hinauf. Das ist der Hausberg der Region Bohinj. Im Winter kannst du hier auf über 20 km mittelschweren Pisten runterbrettern, mit Sessel- und Schleppliften kommst du wieder hoch. Im Sommer wanderst du in grüner Natur, etwa von Komna nach Ukanc (6 Std.). *vogel.si* | *C4*

KRANJSKA GORA (KRONAU)

(C3) **Die weißen Gipfel der Fast-Dreitausender in der Umgebung leuchten im Winter magisch: Keine Frage, Kranjska Gora (5500 Ew.) hat eine Toplage, denn die Julischen Alpen und das Karawanken-Massiv sind direkt vor der Haustür.**

Klar, dass sich der gemütliche Ort als Top-Skigebiet hervortut. Sightseeing? Das machst du besser woanders: Kranjska Gora ist eine Ansammlung von Hotels, Restaurants und Outdoor-Shops – und mittendrin eine Kirche. Wer hier absteigt, kommt vor allem zum Sporttreiben: Schnall im Winter die Bretter an die Füße, im Sommer bist du hier im Wander- und MTB-Paradies.

Der rote Retrobus, der ursprünglich mal ein Schulbus war, kutschiert als Hop-on-hop-off-Bus Urlauber zu den schönsten Plätzen der Region *(kranjska-gora.si)*.

ESSEN & TRINKEN

KOTNIK

Helle Holzausstattung sorgt für Almhütten-Feeling, die großen Grillteller sind Balkan-Style. Pizza gibt's im Gastraum nebenan. *Tgl.* | *Borovška cesta 75* | *Tel. 04 5 88 15 64* | *hotel-kotnik.si* | *€€*

PRI ŽERJAVU

Das alte Landgasthaus wirkt, als sei dort in den letzten 100 Jahren nicht viel passiert. Auf rot-weiß-karierten Tischdecken bekommst du deftige Klassiker wie köstliche Leber oder Backhendl serviert – ganz klassisch. Und das ist gut so! *Rateče 39* | *Tel. 04 5 87 60 26* | *prizerjavu.si* | *€*

SPORT & SPASS

Downhill im *Fun Bike Park (Mai/Juni, Sept. Fr–So 9–17, Juli/Aug. tgl. 9–17 Uhr* | *Tagespass 27 Euro* | *Borovška cesta 103* | *bike-park.si)*: die 2 km lange Piste überwindet 350 Höhenmeter! Es gibt aber auch leichtere Bikerouten und Radverleih. Das Skigebiet (800–1200 m) erschließen sechs Sessel- und zwölf Schlepplifte *(Tagespass ca. 33 Euro)*.

AUSGEHEN & FEIERN

VOPA PUB

Ausgelassene Hüttengaudi gehört für viele einfach dazu: Nach einem Tag auf Skiern geht's zum entspannten

Chillen in dieses Pub, wo bis 3 Uhr morgens gefeiert wird. *Borovška cesta 92 | Mobil 041 50 29 08*

RUND UM KRANJSKA GORA

8 ZELENCI

5 km/5 Min. mit dem Auto

Zelen heißt „grün". Damit ist eigentlich schon alles gesagt, oder? Das hübsche Naturreservat mit dem kleinen, türkisgrünen See, über den sich Holzstege spannen, ist perfekt für eine entspannte Picknickpause im Dreiländereck mit Italien und Österreich. Im Wasser spiegeln sich die Alpengipfel wider – ein tolles Fotomotiv! *Podkoren 75 | C3*

9 ALPINES MUSEUM MOJSTRANA ★

14 km/15 Min. mit dem Auto

Es blitzt und donnert, dass man keinen Fuß vor die Tür setzen mag? Keine Sorge, die Gewitter in dem Museum, in dem sich alles um Alpinismus dreht, sind nur simuliert. Um Schutz im Biwak zu finden, musst du erst ein paar Rätsel im Escape-Room lösen. Viele interaktive Elemente lohnen den Abstecher ins Dörfchen Dovje Mojstrana, wo auch die nördliche Route auf den Triglav startet. *Slovenski planinski muzej | tgl. 9–17 Uhr | Eintritt 9 Euro | Triglavska cesta 49 | planinskimuzej.si | C3*

10 SLAP PERIČNIK

19 km/25 Min. mit dem Auto über Mojstrana zur Berghütte Koča pri Peričniku, dann 10 Min. zu Fuß

Bei klirrender Kälte verwandelt sich der Wasserfall Peričnik in riesige Eis-

Bergwanderer werden rund um Kranjska Gora mit tollen Panoramablicken belohnt

INSIDER-TIPP
Am Eisvorhang

zapfen. Dann hangeln sich die Eiskletterer an dem gefrorenen weißen Vorhang im Vrata-Tal entlang. Falls du dich traust, hilft dir der örtliche Eiskletterverein *Mojstrana* bei deinen ersten Kletterversuchen. Du kommst auch von hinten an den Wasserfall ran – eine tolle Perspektive! Für die Wanderung vom Parkplatz bei der Berghütte brauchst du gute Schuhe, am besten mit Spikes. 🗺 C3

11 PLANICA NORDIC CENTRE

15 Min./9 km mit dem Auto

Rasant fegen die Top-Skispringer hier hinunter. Auf der modernisierten Rampe im Planica Nordic Centre kannst du das (fast) selbst erleben: Es gibt eine Zipline, die zu den steilsten in Europa gehört und knapp oberhalb der Schanze verläuft, einen Windtunnel und Wanderwege rund um das Zentrum. Eine Ausstellung erzählt dir von den legendären Skisprung-Wettbewerben in Planica. *Rateče/Planica* | *nc-planica.si* | 🗺 C3

12 JASNASEE

2 km/3 Min. mit dem Auto

Bevor sich der Vršič-Pass über den Berg windet, solltest du hier noch mal frische Luft schnappen: Du kannst den goldenen Steinbock *Zlatorog* am Ufer des Jasnasees zum Fotoshooting treffen. Oder steig auf den dreistöckigen Holzturm im klaren Wasser, in dem sich die Alpen spiegeln. Baden? Es gibt sogar Umkleidekabinen, aber das Wasser ist – nun ja, frisch. Ein Espresso mit Seeblick geht schon eher. Am Wochenende sind die Parkplätze knapp, komm deshalb lieber unter der Woche! 🗺 C3

Wirkt täuschend echt: Der Steinbock wacht über den Jasnasee

13 VRŠIČ-PASS ★

12 km/25 Min. mit dem Auto über die Passstraße

Mal nach links, dann nach rechts: Nach 49 spitzen Kehren endet die Passstraße von Kranjska Gora in den Süden. Es sind zwar nur 21 km, aber du schraubst dich mit dem Auto (oder dem Rennrad!) satte 800 Höhenmeter hinauf. Unterwegs kommst du an der *Russischen Kapelle* vorbei, die an die Kriegsgefangenen des Ersten Weltkriegs erinnert, die diese Bergstraße bauten. Nach dem Vršič-Sattel auf 1611 m (Parken im Sommer kostenpflichtig!) kannst du Alpenblumen im botanischen Garten *Alpinum Juliana* beschnuppern *(Mai–Sept. tgl. 8.30–18.30 Uhr | Eintritt 3 Euro | Trenta 40 | pms-lj.si/juliana/en).* Wenn sich dann der Hunger meldet: Bei *Andrejc (tgl. | Soča 31 | Tel. 05 3 88 95 30 | andrejc.eu | €)* kurz vor dem Dorf Soča werden frische Forellen gegrillt – einfach köstlich! *C3*

KOBARID (KARFREIT/ CAPORETTO)

(B4) **Das Städtchen Kobarid (1500 Ew.) markiert den Übergang vom alpinen zum mediterranen Teil Sloweniens. Die hohen Berge der westlichen Julier weichen hier zurück und lassen dem Fluss Soča Raum, sich von dem wilden Ritt durch die Berge zu beruhigen.**

Die schöne Natur war im Ersten Weltkrieg Schauplatz erbitterter Kämpfe: An der Isonzo-Front versuchten die Italiener, die österreichischen Linien an der Soča (Isonzo) zu stürmen. 29 Monate tobte die Schlachte, dann passierte das „Wunder von Karfreit/Caporetto", bei dem Deutsche und Österreicher die italienischen Truppen abdrängten. Bis zu eine Million Soldaten verloren in diesem Hochgebirgs- und Stellungskrieg damals ihr Leben. Die alten Schlachtfelder mit ihren Schützengräben, Kavernen und Freilichtmuseen kannst du heute in der Umgebung von Kobarid erleben. Frag vor Ort bei der *TIC (gegenüber vom Museum)* nach – die hat gutes Kartenmaterial, auch auf Deutsch.

SIGHTSEEING

KOBARIDER MUSEUM (KOBARIŠKI MUZEJ)

In dem modernen Museum kannst du gar nicht anders, als über Krieg und Frieden nachzudenken: Alte Tagebücher, Fotos, Karten und ein Relief mit aufblinkenden Frontlinien zeigen dir anhand einzelner Schicksale, wie die Schlacht an der Isonzo-Fronst im Ersten Weltkrieg ablief. Schau dir den Film an oder buch vorab eine geführte Tour auf Deutsch. *Tgl. April–Juni, Sept. 9–18, Juli/Aug. 9–20, Okt.–März 10–17 Uhr | Eintritt 7 Euro | Gregorčičeva ulica 10 | kobariski-muzej.si | 1,5 Std.*

GESCHICHTSLEHRPFAD (KOBARIŠKA ZGODOVINSKA POT)

Wenn du gut zu Fuß bist, schnür die Wanderstiefel: Ein 5 km langer Rund-

Die Soča hat alles, was ein Wildfluss braucht: klares Wasser, Felsenufer, Hängebrücken

weg führt dich an den wichtigsten Sightseeing-Orten rund um Kobarid vorbei. Zuerst geht es zum *Beinhaus* der italienischen Soldaten, einem Mahnmal aus dem ersten Weltkrieg unterhalb der Kirche Sv. Anton, dann an der Steinzeit-Höhlensiedlung *Tončov grad* vorbei zum Wasserfall *Kozjak* und zur hübschen *Napoleon-Brücke* hoch über der Soča. Der Kontrast zwischen der hellen Steinbrücke und dem Smaragdgrün der Soča ist ein phänomenales Fotomotiv. Die Brücke heißt übrigens so, weil auch Napoleons Truppen hier mal drübermarschiert sind. Hol dir die kostenlose App: *potmiru.si/app* | 2–3 Std.

ESSEN & TRINKEN

HIŠA FRANKO

Ana Roš hat nie eine Kochschule besucht, dennoch gilt sie als „weltbeste Köchin". Diesen Titel verlieh ihr das britische Magazin „Restaurant" 2017. Ihr Geheimnis? Kreative Kompositionen aus regionalen Zutaten, die sie in ihrem gemütlichen Landgasthof serviert. Ohne Reservierung geht hier nichts! *Mi–So | Staro selo 1 | Tel. 05 3 89 41 20 | hisafranko.com | €€€*

HIŠA POLONKA

Das urige Restaurant mit süffigem Bier der Mikro-Brauerei FEO ist ein Ableger der berühmten *Hiša Franko*. Superlecker sind die Burger! *Mo. geschl. | Gregorčičeva ul. 1 | Tel. 05 9 95 81 94 | facebook: hisapolonka | €€*

SPORT & SPASS

Rafting, Hydrospeed, Kajak, Kanu sowie Canyoning sind buchbar bei *X-Point (Trg Svobode 6 | Tel. 041 692290 | xpoint.si)* und *Alpin Action*

(*Trnovo ob Soči 26 a | Tel. 05 3 84 55 04 | alpinaction.it*). Im Winter findest du bei Bovec das höchstgelegene Skigebiet Sloweniens (2300 m), Kanin. Ruhiger geht es beim Wandern auf den Rambon (2208 m) zu, da musst du allerdings einige Klettersteige passieren.

RUND UM KOBARID

14 BOVEC

21 km/25 Min. mit dem Auto

Wer zum Rafting ins Soča-Tal kommt, landet früher oder später in Bovec (1700 Ew.), und sei es nur auf ein kühles Bier am Abend: Bovec ist nämlich neben Kobarid der zweite Hauptort im westlichen Soča-Tal. In Bovec findest du ein paar Restaurants, Apartments und mehrere Outdoor-Agenturen, die sich auf Rafting und Abenteuertouren spezialisiert haben, z.B. *Soča-Rafting (Tel. 05 3 89 62 00 | socarafting.si)*. Auf halbem Weg zwischen Kobarid und Bovec kannst du zum Essen an der Pension *Boka (boka-bovec.si | €)* stoppen; sie liegt in Sichtweite des schäumenden Boka-Wasserfalls. B3

15 SOČA-TAL ★

25 km/25 Min. mit dem Auto nach Bovec

Die perfekte Location für einen Abenteuerurlaub? Das ist das Tal der Soča, das an den Nationalpark Triglav angrenzt: Ein smaragdgrüner Fluss, der sich durch senkrechte Felsschluchten windet. Den Fluss kannst du als Roadtrip mit dem Auto abfahren und immer wieder stoppen. Beim Wandern kommst du an schaukelnden Hängebrücken vorbei. Rafting- und Kajak-Fans ziehen an dir vorüber. Im Sommer ist auf manchen Flussabschnitten viel los, trotzdem ist die alpine Natur hier noch echt wildromantisch – und atemberaubend schön! *soca-valley.com/de* | B-C3

16 KANAL OB SOČI

30 km/30 Min. mit dem Auto

Dieses Fotomotiv darfst du dir nicht entgehen lassen: die bunten Häuser des Dörfchens hoch über der Soča, eine alte Bogenbrücke aus Stein und ein Kirchturm im Hintergrund – fast schon kitschig, aber einach schön! Im Sommer kannst du hier auch Brückenspringer bei der „Arbeit" beobachten. B4

PIRAN & DER SÜDEN

SLOWENIENS MEDITERRANE SEITE

Erst einmal an der Adriaküste ankommen: Streck die Zehen in den Sand am Strand von Portorož, wink einem Kreuzfahrtschiff in Koper hinterher, zähl die Boote im Hafen von Izola und mach Selfies auf Plätzen mit italienischem Einschlag in Piran.

Du wirst sofort merken, wie südlich der Lebensstil ist, den die Menschen an der Küste pflegen – alles ganz lässig und entspannt. Gerade mal 46,6 km ist die slowenische Küste lang. Doch es ist alles da, was du für einen Urlaub brauchst: romantische Badeplätze unter

Perle der Adria: Piran, Blick auf die Halbinsel und den Kirchturm Sveti Jurij

Steilklippen oder Strände, an denen echt was los ist. Zu viel? Dann ab ins Hinterland, zu Glockentürmen, Weinreben und Olivenhainen. Dort begrüßt dich der Karst mit aufregenden Höhlenlabyrinthen – da rauschen Flüsse durch unterirdische Canyons, du balancierst über Brücken und an Seen vorbei. Ruhig, grün, hügelig und voller Bäume ist es im Südosten, zwischen Ljubljana und der kroatischen Grenze, in den Regionen Notranjska (Innerkrain) und Dolenjska (Unterkrain) – perfekt zum Runterkommen.

PIRAN & DER SÜDEN

MARCO POLO HIGHLIGHTS

★ **TITO-PLATZ (TITOV TRG)**
Venedig lässt grüßen: Auf dem Hauptplatz von Koper treffen Prätorenpalast, Loggia und Dom aufeinander ➤ S. 80

★ **DREIFALTIGKEITSKIRCHE**
Ein Tänzchen mit dem Tod wagen Bettler, Bauern und Adelige; auf den Fresken in Hrastovlje sind alle gleich ➤ S. 82

★ **GESTÜT LIPICA**
Ein Muss für jeden Pferdefreund sind die weltberühmten Lipizzaner ➤ S. 84

★ GROTTEN VON ŠKOCJAN
Das rauschende Wasser bahnt sich seinen Weg durch diesen unterirdischen Canyon ➤ S. 86

★ PIRAN
Espresso schlürfen vor venezianischer Häuserkulisse ➤ S. 87

★ HÖHLE VON POSTOJNA
Atemberaubende Säulen, Vorhänge und Wände aus Tropfstein in einem langen Höhlengeflecht ➤ S. 93

★ HÖHLENBURG PREDJAMSKI GRAD
Raubritterburg in einer atemberaubenden Felswand bei Postojna ➤ S. 96

★ MUSEUM DER UNTERKRAIN
In Novo Mesto tauchst du in die Bronzezeit ein und entdeckst erstaunliche Funde ➤ S. 98

★ BURG OTOČEC
Das hübsche Romantikschloss wird von Wasser umspült ➤ S. 99

KOPER (CAPODISTRIA)

(B6) **Das Meer bestimmt das Leben in der Hafenstadt Koper (24 000 Ew.): An der Uferpromenade reihen sich Kaffeetische aneinander, Werftarbeiter steuern Containerkräne, und aus dem Bauch der großen Kreuzfahrtschiffe klettern Urlauber, um durch die venezianische Altstadt zu bummeln – die man vom Hafen in wenigen Minuten zu Fuß erreicht.**

Klingt vielseitig? Genau! Koper hat nämlich mehrere Gesichter: Es ist eine „richtige" Hafenstadt, aber mit tollem altem Stadtkern und vielen Studenten. An der schicken Uferpromenade in Richtung Izola kannst du ganz entspannt bummeln, seit der Autoverkehr durch einen Umgehungstunnel umgeleitet wurde. Und du kommst dabei am Strandbad Žusterna vorbei – falls du dich mal kurz abkühlen willst.

SIGHTSEEING

ALTSTADT

Am späten Nachmittag und in den Morgenstunden drängen die Koperčani durch die Einkaufsgasse *Čevljarska ulica,* die im Torbogen des Prätorenpalasts beginnt. Links und rechts säumen Geschäfte, Goldschmiede, Kunstgalerien und Palazzi mit Spitzbogenfenstern sowie feinen Schmuckfriesen die „Schustergasse". Wirf unbedingt einen Blick in die idyllischen Innenhöfe, wo Oleander und Geranien als bunte, lebendige Tupfer vor dem Grau des Steins leuchten.

TITO-PLATZ (TITOV TRG) ★

Am Hauptplatz protzen die schönsten Fassaden um die Wette: Der Prätorenpalast hat Zinnen, die ihm aufgesetzt wurden. Er flirtet mit der alten Stadtloggia gegenüber. Im Mittelalter trafen sich hier die Herren der Stadt, heute kannst du hier im Straßencafé im Korbsessel einen Cappuccino schlürfen. Der Blick von oben auf den Platz muss sein: Hinauf auf den Glockenturm, der neben der Domkirche gebaut wurde. 200 Stufen – du hast es gleich geschafft –, und oben wirst du mit einem tollen Blick über die ganze Stadt belohnt. In der Kirche findest du hübsche Altarbilder von Vittore Carpaccio, die über 500 Jahre alt sind.

DA-PONTE-BRUNNEN (FONTANA DA PONTE)

Der größte Stadtbrunnen erinnert dich an Venedig? Da bist du auf dem richtigen Dampfer! Die berühmte Rialto-Brücke war nämlich Vorbild für diesen bogenförmigen Aufsatz. Hättest du es erkannt? *Prešernov trg*

PLATZ DER FISCHER (RIBIŠKI TRG)

Der „Platz der Fischer" ist Mittelpunkt des alten Hafenviertels. Dort, wo heute eine Mauer die Grenze zwischen Platz und neuem Hafen zieht, dümpelten früher die Boote im Meer. Ein Bummel durch die Gassen zwischen Cankarjeva ulica und Hafenanlagen

Von den Arkaden hat man einen schönen Blick auf Kopers Hafen

versetzt dich in die Zeiten, als Koper noch eine Insel war.

REGIONALMUSEUM (POKRAJINSKI MUZEJ)

Von den bronzezeitlichen Castellieri-Siedlungen über Roms Eroberung zur venezianisch geprägten Stadtkultur reicht der Bogen, den das Regionalmuseum im Barockpalais Belgramoni-Tacco schlägt. *Di–Fr 8–16, Sa/So 9–17, Mai–Aug. Sa bis 21 Uhr | Eintritt 5 Euro | Kidričeva ulica 19.*

ESSEN & TRINKEN

AL MULIN

In der alten Mühle am Flüsschen Rižana werden leckerer Fisch und saftiges Fleisch auf dem Grill gebruzzelt. Du findest das Restaurant außerhalb, in Richtung Dekani. *Tgl. | Sermin 19 | Tel. 05 6 54 94 44 | €€€*

CAPRA

Das modern-minimalistische Restaurant an der Marina ist ein echter Tipp, wenn du gehobene, kreative Küche magst. Lass unbedingt noch ein wenig Platz für ein köstliches Dessert! *Tgl. | Pristaniška ul. 3 | Mobil 04 1 60 20 30 | capra.si | €€*

SHOPPEN

Knackiges Grünzeug, aber auch Honig und Olivenöl bekommst du an den Marktständen der *tržnica*, in der Fischhalle kannst du Sardinen und Co. ergattern – allerdings nur am Vormittag. *Pristaniška ulica*

OLJARNA FRANKO LISJAK

INSIDER-TIPP
Kulinarischer Roadtrip

In knallbunten Retro-Minibussen kutschiert Familie Lisjak ihre Gäste durch Olivenhaine, Wein-

Mittelalterliche Freskenpracht in der Dreifaltigkeitskirche von Hrastovlje

berge und zur eigenen Ölmühle, wo feines Olivenöl verkostet wird. Los geht's in Koper. *92 Euro/Pers. | Šalara 28 | lisjak.com*

VINA KOPER

In den stylishen Probierräumen der Winzergenossenschaft Vina Koper kannst du die lokalen Weinsorten *Refošk* und *Malvazija* verkosten und selbst zapfen. Eine Kaltpressung, die dich nicht kalt lässt: Die preisgekrönten erstklassigen Bio-Olivenöle von Vanja Dujc aus der Gegend von Izola schmecken wunderbar intensiv. *Šmarska cesta 1 | vinakoper.si*

INSIDER-TIPP
Geht runter wie Öl

RUND UM KOPER

1 IZOLA

9 km/15 Min. mit dem Auto

Charmant, mit einem Schuss venezianischer Atmosphäre: So wirkt Izolas (11 000 Ew.) Stadtbild rund um den alten Hafen. Zeit für einen Sundowner: ein Glas naturtrüben Orange Wine in der *Manzioli Wine Bar (tgl. 8–1 Uhr | Manziolijev trg 5 | vinozaro.com | €€–€€€)* mit Blick auf bunte Hausfassaden. Du findest den beliebten Treff am kleinen Platz *Manzolijev trg* vor der Kirche, ein wenig versetzt vom alten Hafen. Die moderne Marina ist besonders bei italienischen Skippern beliebt. Gebadet wird am Strand *Simonov zaliv* südlich von Izola: Dort erwarten dich die Fundamente einer römischen Villa, direkt im Wasser, die du dir kostenlos anschauen kannst *(Juni–Sept., tgl. 17–20 Uhr | Eintritt frei).* B6

INSIDER-TIPP
Keine trüben Aussichten

2 HRASTOVLJE

20 km/20 Min. mit dem Auto über die Autobahn und Landstraße

Lust auf einen kleinen Kulturtrip ins Hinterland? Dann ab in die Karstberge. Die von außen recht unscheinbare dreischiffige ★ *Dreifaltigkeitskirche (Sv. Trojica | Sommer Mi–Mo 9–12, 13–17 Uhr | Eintritt 3 Euro | Schlüssel bei Rozana Richter: Tel. 031 43 22 31)* im Dörfchen Hrastovlje erwartet dich dort. Gut, die Mauer ist beeindruckend dick. Aber sonst? Abwarten! Im

Inneren kommt dann das große Wow-Erlebnis: Da tanzen elf Skelette mit genauso vielen Menschen – mit Bauern, Bettlern und Adeligen – auf ein gemeinsames Ziel zu: den Sarg. Die Wandbilder sind nicht nur beeindruckend bunt, sondern ein echtes Freskenwunder aus dem Mittelalter! Und stell dir vor: Sie wurden erst 1949 unter einer dicken Gipsschicht entdeckt! Und wenn du schon mal da bist: In der *Gostilna Švab (Mi–So | Hrastovlje 53 | Tel. 05 6 59 05 10 | €)* gibt's leckeren Pršut und Schafskäse. *C7*

3 OSP

16 km/16 Min. mit dem Auto über die Autobahn und Landstraße

Wer wird denn gleich die Wand hochgehen? Sportkletterer – und das mit Spaß! Dazu kommen sie aus ganz Europa angereist, denn die steilen Karstfelsen von Osp, Mišja peč und Črni Kal sind bekannt für ihre abwechslungsreichen Routen und die gute Infrastruktur. Touren organisieren *Rocktrotters (rocktrotters.com). C6*

LIPICA

(C6) **Es mag kitschig klingen, aber es ist so: Wenn an späten Herbsttagen die Morgennebel über den Weiden von Lipica liegen und der Atem der weißen Pferde in der frostigen Luft zu Wölkchen erstarrt, dann gleicht das Gestüt einem von Zauberwesen bewohnten Märchenwald.**

Weißes, seidiges Fell, starker Hals und gebogener Rücken, stolze Schritte und der eleganteste Galopp der Tierwelt – Lipizzaner werden hier seit fast 500 Jahren gezüchtet. Und sind, nicht nur unter Pferdekennern, einfach legendär!

Die berühmten Pferde des Gestüts Lipica werden erst mit sechs Jahren langsam weiß

Die grauen Fassaden des Karstdorfs Štanjel leuchten in der Abendsonne

SIGHTSEEING

GESTÜT LIPICA ★

Tanzende Pferde, die anmutig zu Kapriolen ansetzen? Da stockt Pferdefans der Atem! Die Vorführungen der Lipizzaner, stilecht zu Walzermusik, sind das Highlight einer Gestütsbesichtigung. Der geführte Rundgang führt zu den Koppeln, zur Hufschmiede, zu den Stallungen der Stuten und zum Hengststall. 200 Lipizzaner werden hier dressiert. Nicht wundern über die dunklen Pferde: Lipizzaner bekommen erst mit sechs bis zehn Jahren ihr weißes Fell! Die Pferde haben eine lange Tradition: 1580 gründete der österreichische Erzherzog Karl in Lipica ein Gestüt. Er ließ die Arbeitspferde aus dem Karst mit Neapolitanern und Arabern kreuzen. Diese Pferde und keine anderen sollten es sein, die die K.u.k.-Spanische Hofreitschule zu anmutigen Reitpferden ausbildete! Dazu wurden ausgewählte Hengste vom Gestüt Lipica zum Kaiser nach Wien gebracht. Während der beiden Weltkriege mussten die Pferde evakuiert werden, 1947 kehrten nur elf Tiere nach Lipica zurück. Die Zucht wurde wieder aufgenommen. Heute ist man auf sechs Hengstlinien und 16 Stutenstämme stolz. *April–Okt. tgl. 10–17, sonst 10–15 Uhr, Führungen im Sommer stündl., sonst vier- bis fünfmal tgl. | Eintritt 16 Euro*

Das wechselvolle Schicksal des Gestüts beleuchtet das *Museum Lipikum (Zeiten wie Gestüt | im Eintritt inbegriffen)* auf dem Gestütsgelände. Di, Fr und So führen die Reiter die Hohe Schule der Lipizzanerdressur vor. Lipizzaner beherrschen die schwierigsten Kunststücke der Dressur mit unnachahmlicher Eleganz. *Vorführungen April So 15, Mai/Juni, Sept./Okt. Di, Fr, So 15, Juli/Aug Di, Fr, Sa, So 15 Uhr | Besichtigung und Hohe Schule 23, Training 21 Euro | Kobilarna Lipica | Tel. 05 739 16 96 | lipica.org*

DOLINE DER MUTTERGOTTES

Eine Doline nennt man den trichterförmigen Einbruch einer Karsthöhle; darin sammelt sich Erde, Samen schlagen Wurzeln, und bald ist sie mit dichtem Grün überwuchert. Viele Menschen glauben daran, dass an diesem Übergang von der Ober- zur Unterwelt besondere Kräfte herrschen: Die Mutter Gottes soll hier Wunder geheilt haben. Viele Gläubige pilgern zu ihrer Statue. Du findest die Doline auf dem Lipica-Gestüt, ein Stück bergab vom *Hotel Klub*.

ESSEN & TRINKEN

CASA KRASNA

Das alte Landhaus im Dörfchen Lokev wirkt, wie aus einer Lifestyle-Landzeitschrift gefallen: In stylishem Ambiente kannst du hausgebackenes Brot, luftgetrockneten Karstschinken *(pršut)* und regionales Essen probieren. *Fr/Sa 12–22, So 12–16 Uhr | Lokev 78 | Sežana | Tel. 05 7 67 10 02 | €€*

RAVBAR

Die frisch zubereitete Karstküche wissen vor allem italienische Stammgäste zu schätzen – und das soll was heißen. Probier die Strudelteigrollen *(štruklji)* mit Spinat! *Do–So 11–16, 18–22 Uhr, Mi nur mittags | Dol pri Vogljah | Dutovlje | gostilnaravbar.com | €€*

SPORT & SPASS

Natürlich dreht sich hier auch beim Sport alles um Pferde. Von zwei Lipizzanern gezogen über Wiesen und Feldwege zu schaukeln, ist vor allem auch für den Nachwuchs aufregend. Das Größte ist es aber, wenn die kleinen Passagiere mit auf den Kutschbock und vielleicht sogar mal die Zügel führen dürfen? *Kobilarna Lipica | halbstündige Rundfahrt um 20 Euro | Tel. 05 7 39 15 80 | lipica.org*

Erwachsene Pferdefans würden in Lipica am liebsten gleich in den Sattel steigen. Das geht auch – Einzelstunden und Geländeritte –, aber nur für erfahrene Reiter. *45 Euro | Dauer 90 Min. | Reservierung unter Tel. 05 7 39 16 96*

RUND UM LIPICA

4 ŠTANJEL

23 km/30 Min. mit dem Auto über die Landstraße

Ein Bergdörfchen wie aus dem Bilderbuch: Graue Karsthäuser drängen sich so dicht zusammen, dass Štanjel fast wie eine Festung wirkt. Ein Spaziergang übers Kopfsteinpflaster am Südhang, mit tollem Ausblick auf das Vipava-Tal muss sein! Eine Überraschung ist die *Galerie in der Burg (Juli–Sept. 10–18 Uhr, übrige Zeit verkürzt | Eintritt 5 Euro)*, die Werke des regionalen Malers Lojze Spacal zeigt: In seinen Werken hat er die Kargheit der Karstregion in warme Farben gepackt. Der gepflasterte Weg führt dich über den Brunnenplatz zum *Karsthaus (Zeiten wie Galerie, dort bekommst du den Schlüssel | Eintritt 1 Euro)*, das über 600 Jahre als ist. Darin kannst du dir Hausrat und Werkzeug aus der Region anschauen. Entschleunigen kannst du beim kostenlosen Bummel durch den großen Park der *Villa Ferrari*, den der Architekt Maks Fabiani in den 1920er-Jahren anlegen ließ. In der winzigen Siedlung Hruševica wird istrische Küche gepflegt: Ein blühender Innenhof ist das Plus des Gasthauses *Grča (nur Sa/So | Hruševica 6 | Tel. 05 7 69 02 24 | gasthausgrca.blogspot.com | €€)*, und über den Minestra-Eintopf und den Karstschinken *pršut* könnte man Lobeshymnen singen. Ein wenig an Glühwein erinnert der superleckere Teranlikör *(Teranov liker)*, in dem herber Teran-Rotwein, Zimt und Nelken verschmelzen – der ist sehr beliebt im Karst und in Istrien.

INSIDER-TIPP
Besser als Glühwein

Ebenfalls berühmt für seinen Karstschinken *pršut* ist das gemütliche Gasthaus *Kobjeglava (Kobjeglava 63a | q-komel.com | €€€)*, wo dicke Schinken in einer Reifekammer hängen – da möchte man am liebsten gleich reinbeißen. Doch halt, erst mal bestellen! *C6*

5 VILENICA JAMA

4 km/7 Min. mit dem Auto über die Landstraße

Feen, die vor einer Grotte tanzen? So wirken die zarten Luftschwaden zumindest, wenn sich die kühle Luft der „Feengrotte" mit der wärmeren Außenluft vermischt. Dann tanzen die Feen vor der Höhle. *Führung Mai–Sept. So 15 und 17 Uhr | Eintritt 10 Euro | C6*

6 GROTTEN VON ŠKOCJAN (ST. KANZIAN) ★

14 km/20 Min. mit dem Auto über die Landstraße

Stalaktiten und Stalagmiten sind aufregend. Wenn diese noch von einem unterirdischen Fluss umspült werden, der sich im Lauf der Zeit einen Canyon durch die Unterwelt gebahnt hat, dann ist das einfach nur mega-spektakulär. In schwindelnden Höhen über dem Canyon des unterirdischen Flusses Reka – das setzt Adrenalin frei. Am Ende der Tour trittst du durch einen Felsspalt ins Freie (1,5 Std., warme Kleidung und stabiles Schuhwerk mitnehmen). Seit einigen Jahren sind zwei weitere Höhlen, die *Mahorčič*- und die *Marinič*-Höhle unter dem Dorf Škocjan für Besucher zugänglich. Die Besichtigung dauert eine Stunde und endet im Einsturztrichter der *Mala dolina* an einem Wasserfall. Falls du noch überschüssige Energie hast: Nett ist auch die einstündige Wanderung auf dem Karstlehrpfad um die beiden Einsturztrichter zum Dorf Škocjan mit einem typischen Karsthaus und nach Matavun mit einer mittelalterlichen Kirche.

Pack dir einen Pullover ein, denn die Temperatur in der Höhle beträgt nur ca. 10 Grad – das ist im Sommer ganz schön kühl! *Haupthöhle mit Canyon im Sommer 10–17 Uhr, sonst zwei- bis dreimal am Tag, je nach Saison | Eintritt 16–20 Euro, Kombiticket Canyon und Fluss Reka/Unterwelt (nur April–Okt.) 24 Euro; Karstlehrpfad ganzjährig und kostenlos | Matavun | Divača | Tel. 05 7 08 21 10 | park-skocjanske-jame.si | 1–2 Std. C6*

7 VIPAVA-TAL (VIPAVSKA DOLINA)

37 km/35 Min. mit dem Auto über die Autobahn und Landstraße

Eines der besten Weinanbaugebiete Sloweniens ist das Vipava-Tal, da musst du unbedingt hin! Du findest es zwischen Nova Gorica im Nordwesten und Vipava im Südosten. Wenn du im Sommer durch die Hügellandschaft fährst, kannst du saftige Kirschen, Pfirsiche oder Aprikosen direkt vom Bauern am Straßenrand kaufen. Highlights sind die Weinkeller in der Region: Der Merlot ist echt lecker! Einen großen Weinkeller findest du im Städtchen Ajdovščina, dem Wirtschaftszentrum der Region; der Ort Vipava duckt sich unter das wuchtige Hochplateau des Nanos (1262 m).

Falls es dich nach Vipavski križ bei Ajdovščina verschlägt: Dort kannst du über uralte Pflastersteine bummeln, spielenden Kätzchen in efeuumrankten Innenhöfen zusehen und die Klosterruine bestaunen – das ist echtes Mittelalter-Feeling! Sightseeing macht hungrig: Im Sommerschloss *Dvorec Zemono (Mo/Di geschl. | Pri Lojzetu | zw. Vipava und Ajdovščina | Tel. 05 368 70 07 | zemono.si | €€€)*, das im Stil der Palladio-Villen dekorativ auf einem Hügel steht, wirst du satt. Im Inneren kannst du über schöne Fresken staunen. Oder schau bei der *Gostilna Žeja (Mo geschl. | Ozeljan 32i | Šempas | Tel. 05 308 84 59 | €€)* rein, die als kulinarischer Geheimtipp im Vipava-Tal gehandelt wird. *B–C5*

PIRAN

(B6–7) **Das schönste slowenische ★ Küstenstädtchen? Der Titel geht**

Gruppenbild mit Campanile und venezianischem Flair: der Hafen von Piran

an Piran (3800 Ew.)! Das ist so wunderbar südlich, mit hübscher Altstadtzunge und gepflasterten Gassen – da will man gar nicht mehr weg.

Es macht richtig Spaß, durch die schmalen, denkmalgeschützten Gassen zu bummeln. Oder auf einen Espresso auf kleinen, lauschigen Plätzen mit italienischem Einschlag innezuhalten. Und sich die Stadt mal von oberhalb anzuschauen. Egal, wo man gerade ist: Es ist sooo romantisch! Dass es zudem recht entspannt zugeht, ohne Autogehupe und Blechkolonnen, liegt daran, dass die Altstadt so gut wie autofrei ist: Deinen Koffer darfst du zwar kurz vor dem Hotel abladen, dann musst du aber wieder rausfahren. Im Parkhaus am Ortsrand sammelt dich der kostenlose Shuttlebus aber ganz easy auf und liefert dich am Tartini-Platz direkt neben dem alten Hafen ab – also mittendrin im Geschehen.

SIGHTSEEING

TARTINI-PLATZ (TARTINIJEV TRG)

Am schönsten Platz der Stadt ist immer was los: Radfahrer und Skater flitzen übers Pflaster, die Jugend trifft sich am Denkmal – das ist dem „Teufelsgeiger" und Komponisten Giuseppe Tartini (1692–1770) gewidmet, der hier direkt am Platz wohnte. In dem Renaissancehaus an der Ecke (hübscher Balkon!) soll einst ein venezianischer Kaufmann seine slowenische Geliebte ausgehalten haben, gut verborgen vor der Ehefrau im heimischen Venedig. Schau genau hin: Der Platz war früher der alte Hafen, der aufgeschüttet wurde.

GEORGSKIRCHE (SV. JURIJ)

Der Campanile der Georgskirche in der Altstadt kommt dir bekannt vor? Kein Wunder, denn Vorbild war die Markuskirche in Venedig. Besonders schön ist das Panorama hier oben,

Die Uferpromenade von Piran ist ein gutes Revier für Flaneure

wenn die Sonne untergeht und die Dächer von Piran mit einem letzten Schimmer vergoldet. Nach Norden siehst du dann bei klarem Wetter die Alpenkette von den Dolomiten bis zu den Juliern mit dem markanten Triglav. Wirf einen Blick in die Kirche: Am Taufbecken spielen römische Delfine, und die Schnitzfigur über dem Chorgestühl ist wunderbare gotische Kunst.

MEDIADOM PYRHANI

Das erste Mal in der Stadt? Dann nichts wie hin zu diesem modernen Multimedia-Museum: Viele interaktive Elemente und 3-D-Filme bringen dir Piran näher. *Okt.–März Do–So 10–16, April, Sept. Di–So 10–17, Mai/Juni 9–12, 16–19, Juli/Aug. 9–13, 17–22 Uhr | Eintritt 5 Euro | Kumarjeva ulica 3 | mediadom-piran.si*

STADTMAUER

Nicht versäumen: Auf die Überreste der Stadtmauer (15./16. Jh.) hinaufklettern, ein Mega-Panoramafoto schießen und einfach den Ausblick genießen *(Eintritt 2 Euro, im Sommer bis ca. 21.30 Uhr)!* Gut, das Hinkommen erfordert ein wenig Puste: Vom Tartini-Platz steigt die Rozmanova ulica in den Stadtteil Marčana an. Das ist dir zu steil? Dann bleib einfach unten: Das schönste der sieben Stadttore ist das *Maričiana-Tor,* mit Markuslöwen am Trg Bratstva.

ESSEN & TRINKEN

Mit Blick aufs Meer kannst du in den Lokalen an der Uferpromenade *Prešernovo nabrežje* essen. Preiswerter ist es allerdings in den engen Gassen dahinter.

CANTINA

INSIDER-TIPP
Der Himmel hängt voller Trauben

Das winzige Lokal mit seiner weinumrankten Pergola ist einer der romantischsten Orte in Piran, wenn du Käse, Schinken und Wein aus Istrien probieren willst. *Tgl. | Trg 1. maja 10 | Tel. 05 6 73 32 75 | €*

LA BOTTEGA DEI SAPORI

Dem Teufelsgeiger hätte es sicher gefallen: Das Restaurant in Tartinis Geburtshaus am schönsten Platz von Piran serviert superleckeres Essen mit italienischem Einschlag. *Kajuhova ulica 12 | Reservierung: Tel. 05 9 92 04 74 | €€*

PRI MARI

Inhaberin Mara betreibt ein kleines Lokal und setzt auf istrische Rezepte – die innovativ interpretiert werden. *Mo geschl. | Dantejeva 17 | Tel. 05 6 73 47 35 | primari-piran.com | €€*

SHOPPEN

PIRANSKE SOLINE

Meersalz in allen Variationen – für die Haut, in Schokolade oder für den Salat – gibt's im Shop von *Piranske soline. Ul. IX. korpusa 2 (Eingang: Tartinijev trg)*

STRÄNDE & SPORT

Die Pirančani baden auf der mit Felsen befestigten Uferpromenade am *Prešernovo nabrežje.* Praktisch, um sich an der Punta, wie die Halbinsel von Piran geannt wird, mal abzukühlen: Stabile Metallleitern erleichtern den Einstieg ins Meer. Die Tauchschule *Sub-net (sub-net.si)* bringt dich zu den besten Tauchspots der slowenischen Küste.

AUSGEHEN & FEIERN

Was für eine Bühne: Der Kreuzgang des alten Franziskanerklosters ist die perfekte Kulisse für klassische Sommernachtskonzerte *(Piranski Glasbeni Večeri)*, bei denen ein Streichquartett wunderbare Töne zaubert *(jeden Do im Juli 21 Uhr | avditorij.si)*.

PORTOROŽ

(▯ B7) **Tagsüber Sandburgen bauen, abends Cocktails schlürfen: Beach-Fun geht in Sloweniens wichtigstem Bade- und Kurort Portorož (3000 Ew.) ziemlich gut. Alles dreht sich hier nämlich um den Sandstrand Centralna plaža, an dem du dich entspannt räkeln kannst.**

An der Uferpromenade Obala reihen sich Strandcafés, Hotels und Restaurants aneinander – was will man mehr? Sightseeing in der Altstadt? Das machst du lieber woanders – in Portorož wird gebadet! Ein wenig vom alten Charme der österreichisch-ungarischen Society ist aber noch vorhanden: Das gepflegte Hotel *Palace* mit viel Stuck und einem blühenden Park ist das Glanzstück der Promenade. Dazwischen finden sich Hotelklötze, am Hang verstecken sich – zwischen Palmen und Zypressen – noch ein paar alte Villen. Wenn du im Frühjahr kommst, erlebst du eine wunderbar ruhige Atmosphäre, die an vergangene Zeiten erinnert.

ESSEN & TRINKEN

GOSTILNA NA BURJI

INSIDER-TIPP
Fleischeslust unter der Haube

Unter der Schmorglocke *peka* bereitet Moreno Medoš sein Lamm zu – das schmeckt wunderbar saftig. Gekocht wird hier nur mit regionalen Produkten, also mit dem, was der Grünmarkt, die Fischer oder Nachbarn gerade anbieten, von denen die Zutaten stammen. Der Weg (18 km) lohnt sich! *Mo. geschl. | tel. reservieren | Nova Vas 57 | Tel. 04 1 28 40 30 | €€*

RIZIBIZI

Die schicke Einrichtung wetteifert hier mit dem tollen Küstenpanorama. Beide verlieren jedoch gegen die Kreativität des Kochs, der mit Fisch wirklich tolle Feinschmeckergerichte zaubert. *Tgl. | Vilfanova 10 | Tel. 05 9 93 53 20 | rizibizi.si | €€€*

SPORT & SPASS

Wie wäre es mal mit einer Runde segeln? Windig muss es natürlich sein, aber nicht zu stürmisch: Dann zeigt dir ein professioneller Skipper die wichtigsten Basics auf dem offenen Meer (Engl.). *Kurs 4 Std. | Obala 55 | kopertours.eu*

Gehört ja zum Beach Life auch dazu: Cafés an der Strandpromenade von Portorož

WELLNESS

INSIDER-TIPP
Massage mit Meerblick

LEPA VIDA THALASSO SPA

Da liegst du unter freiem Himmel, die Möwen über dir und der Duft nach Meersalz in der Luft. Nebenbei wirst du grandios massiert. Oder du gönnst deiner Haut eine Salzschlamm-Packung. Anschließend steigst du in den Meerwasserpool. Das ist Open-Air-Wellness am Rande der Salinen von Sečovlje. Unbedingt reservieren! *Mai–Sept. | Seča 115 | Tel. 05 672 13 60 | thalasso-lepavida.si*

LIFECLASS TERME

Wenn das Meerwasser noch etwas zu frisch ist, kannst du prima im salzigen Urmeer-Wasser der Hoteltherme dümpeln. Das Wasser stammt aus einem 42 000 Jahre alten unterirdischen Meer. Abends sind die Pools stimmungsvoll beleuchtet. *Tgl. | Obala 33 | lifeclass.net*

STRÄNDE

Am Hauptstrand *Centralna plaža* – ja, mit Sand! – kannst du Sonnenschirm und Liege mieten (je 5 Euro). Ein wenig eleganter aalst du dich im *Meduza Exclusive Beach (Eintritt 20 Euro inkl. Schirm und Liegestuhl | im Sommer Miniclub)* in der Sonne. Action gibt es auch: Parasailing, Banana- oder Tretboot.

AUSGEHEN & FEIERN

ALAYA COCKTAIL BAR

Im Sommer ist die Uferpromenade der Ort zum People Watching: Die feierfreudige Party-Crowd trifft sich in dieser Cocktailbar, wo unter Strohhütten Südsee-Feeling aufkommt. *Tgl. | Obala 22 | alaya.si*

CACAO

Im *Cacao* kannst du dich in bequemen Loungepolstern bis spät abends direkt am Meer entspannen – und megaleckeres Eis löffeln oder einen Drink schlürfen. *Tgl. | Obala 14 | cacao.si*

RUND UM PORTOROŽ

8 STRUNJAN

4 km/6 Min. mit dem Auto über die Landstraße

Wildromantisches Adria-Feeling! Das erwartet dich im Landschaftspark Strunjan, der grünsten Ecke der slowenischen Küste. Die steilen weißen Klippen musst du dir unbedingt anschauen! Unterhalb findest du die schönsten Badeplätze entlang der slowenischen Küste (Fels, Badeschuhe einpacken!). Du kannst hier prima wandern. Wenn du mit dem Rad unterwegs bist, musst du einen Bogen um die Salinen machen, da darfst du nur zu Fuß durch. In einem alten Salinenhaus, wo früher die Salzgärtner gewohnt haben, bekommst du Infos. Und dann: Schnorchel oder Tauchermaske raus und ab auf den 300 m langen Unterwasserpfad! *Tgl. | Eintritt frei, Ausstellung im Besucherzentrum (9–19 Uhr) 2 Euro | Strunjan 152 | Portorož | parkstrunjan.si | B6*

INSIDER-TIPP
Wandern im Algenwald

9 FONDA FISCHFARM

6 km/12 Min. mit dem Auto über die Landstraße

Foodies schwärmen von diesem Wolfsbarsch, der zu den besten an der Küste gehört. Familie Fonda nimmt dich mit zu ihren Zuchtstellen in der Bucht von Piran, wo die Fische von

Blick in die dekorative Unterwelt: die Höhle von Postojna

Hand und ohne Chemie gefüttert werden. *25 Euro, mit Verkostung 36 Euro (min. 4 Pers.) | Seča 142 | Mobil 04 16 206 06 | fonda. si |* *B7*

10 SALINEN VON SEČOVLJE

10 km/15 Min. mit dem Auto über die Landstraße

Von Hand pflügen die Arbeiter das verdunstete Meerwasser aus dem flachen Becken. Besser gesagt, das, was davon übrig ist: kostbares Meersalz, das in den Salinen von Sečovlje seit Jahrhunderten auf traditionelle Art gewonnen wird. Vor allem die sogenannte Salzblüte, *Fleur de sel,* ist wirklich kostbar! Schau dir die Gewinnung erst im Museum an und dann bei einer Führung draußen. Ein Teil der Salinen ist übrigens Naturreservat, hier erholen sich viele Zugvögel. Gönn dir ein Mitbringsel im Salzladen an den Salinen. Echt lecker ist die Zartbitterschokolade, verfeinert mit einem Hauch *Fleur de sel*. *Salinen tgl. im Sommer 8–21, im Winter 8–17 Uhr | Eintritt 7 Euro | kpss. si |* *B7*

INSIDER-TIPP
Salz auf unserer Zunge

POSTOJNA (ADELSBERG)

(D6) **Liebe auf den ersten Blick? Nun ja. Immerhin kommst du direkt aus München mit dem Nachtzug nach Rijeka hierher. Oder mit dem Auto, auf halbem Weg von Ljubljana ans Meer.**

Und dann? Erwarten dich ein paar Restaurants und Hotel, alles wirkt sehr nett in Postojna (8500 Ew.), aber recht unspektakulär. Dennoch musst du da unbedingt hin – schau auf die inneren Werte! Unter den schroffen Karstfelsen findest du nämlich unvorstellbar weit verzweigte Tropfsteinhöhlen, die sich durch das Erdreich ziehen.

SIGHTSEEING

HÖHLE VON POSTOJNA (POSTOJNSKA JAMA) ★

Eine Elektrobahn, Musikkonzerte und Scheinwerfer, die alles effektvoll anstrahlen – das alles gibt es in der Höhle von Postojna (auch Adelsberger Grotte), tief unter der Erde. Europas größte und meistbesuchte Schauhöhle ist top organisiert: Ein offenes Höhlenbähnchen braust zunächst durch kahle Felsgänge in den „Konzertsaal", in dem vor beeindruckender Tropfsteinkulisse gelegentlich Konzertabende stattfinden. Es geht vorbei an einem luftigen Sintervorhang und dem „Hohen Berg" mit filigranen Tropfsteinskulpturen. In der Hochsaison herrscht hier babylonisches Sprachgewirr: Deutsch? Bitte hierher, in diese Gruppe! Dann geht es zu Fuß weiter, zunächst in den „Schneesaal", dessen Tropfstein durch Kalksinter wirklich ziemlich weiß ist. Und dann, wow, das Highlight von Postojna, der schimmernde „Brillant", 5 m hoch! Die heimlichen Stars des Höhlensystems tummeln sich jedoch in einem Wasserbecken – die Grottenolme. Das sind kleine, hautfarbige Tierchen, die an Lurche erinnern. Sie sind blind,

kommen Jahre lang ohne Futter aus – und werden bis zu 100 Jahre alt. Vielleicht, weil sie so langsam und völlig entschleunigt in ihrer dunklen Unterwelt leben? Ohne Sonne läuft eben alles im Zeitlupentempo. Die Tierchen, die wie Baby-Drachen aussehen, kannst du dir im *Vivarium Proteus* anschauen – es lohnt sich!
Am besten druckst du dir das Ticket für deinen Lieblingstermin online (dt.) aus. Bring an Regentagen im Sommer ein wenig Geduld mit, dann wird es voll. *Führungen stdl. 10–15, im Sommer 9–18 Uhr | Eintritt 25,80–27,90 Euro | Jamska cesta 30 | Tel. 05 7 00 01 00 | postojnska-jama.eu*

ESSEN & TRINKEN

MODRIJANOVO DOMAČIJO (MODRIJAN-GEHÖFT)

In einem alten Gehöft beim Höhleneingang kannst du leckeren Schinken, Käse und Wein aus dem Karst probieren und einen Blick in die alte Modrijan-Mühle werfen! *April–Sept. tgl. 11–18 Uhr | postojnska-jama.eu | €€*

POŽAR

Was für ein Mega-Ausblick auf die Burg Predjama! Da schmecken die ausgezeichneten Wild-, Grill- und Pilzgerichte in dem sympathischen Gasthof gleich noch viel besser. *Mi geschl. | Predjama 2 | Tel. 05 7 51 52 52 | gostilna-pozar.com | €€*

PRI ANDREJEVIH

Wild auf Wild? Dann probier das Gulasch mit hausgemachten *njoki* oder Lamm – je nachdem, was es in dem Touristischen Bauernhof bei Pivka gerade gibt. Tel. reservieren! *Tgl. | Narin 107 | Tel. 05 7 53 20 70 | €€*

SPORT & SPASS

Lust auf ein Abenteuer unter der Erde? In voller Montur – mit Stiefeln, Stirnlampe und Anzug – seilst du dich in der Höhle von Postojna von den Besuchergruppen ab. Natürlich nicht alleine, sondern mit einem Guide. Du überquerst das Flussbett der Pivka und dunkle Gänge, so wie früher der Höhlenarbeiter Luka Čeč. Der sollte vor gut 200 Jahren die Höhle für den Besuch des österreichischen Kaisers Franz I. schön beleuchten und fand heraus, dass es da unten noch weiterging – mit Gängen von 24 km Länge. *238 Euro/Pers. inkl. Ausrüstung | ⏱ 3–4, mit Mittagessen 5–6 Std. | Anmeldung: info@postojnska-jama.eu*

RUND UM POSTOJNA

11 PIVKA-GROTTE (PIVKA JAMA)

5 km/9 Min. mit dem Auto über die Landstraße

Schon der Einstieg über eine Treppe, die 60 m tief in den Einsturztrichter führt, ist ziemlich abenteuerlich. 317 Stufen runter, dann bist du in der Pivka-Höhle, die den nördlichen Bereich der Postojnska jama einnimmt. Drinnen geht es hoch über der schäumenden Pivka eine Felsgalerie entlang und weiter durch einen 100 m langen

Stollen zu den dunklen Tropfsteinen der *črna*, „schwarz", genannten Nachbarhöhle. Der Karstfluss Pivka hat das Höhlensystem von Postojna über die Zeit ausgewaschen. Nordöstlich tritt er als Unica wieder ans Tageslicht. *Führungen Juli/Aug. tgl. 9, 12, 17 Uhr, Mai/Juni, Sept. nach Vereinbarung | Eintritt 12,90 Euro | Zugang am Campingplatz Pivka jama | Reservierung: info@postojnska-jama.eu | D6*

12 AERODIUM

21 km/30 Min. mit dem Auto

Hier hebst du ab, völlig losgelöst: Schutzbrille, Anzug, Helm und Ohrstöpsel gehören zum Bodyflying im Windkanal von Logatec. Die netten Instruktoren erklären dir alles, was du für einen Indoor-Flug von 2 Min. Länge wissen musst. Auch Schulkinder dürfen hier abheben (ab 6 J.). *Mi–Fr 12–18, Sa/So 11–17 Uhr | 2 Min. reine Flugzeit | Mo–Do 45, Fr–So 50 Euro, Kinder bis 14 J. 30 Prozent Rabatt | Obrtna cona 10d | Logatec | aerodium.si | D5*

13 BERG SLIVNICA

25 km/40 Min. mit dem Auto über die Landstraße

Einmal im Jahr tanzen die slowenischen Hexen auf dem Aussichtsberg Slivnica (1114 m). Von dort schicken sie Nebel, Gewitter und Hagel übers Land, erzählt man sich. Wenn dich das nicht abschreckt, dann hinauf mit dir! Du kannst bequem hochwandern, und den Sickersee von Cerknica aus der Vogelperspektive betrachten. *D6*

14 CERKNIŠKO JEZERO

16 km/30 Min. mit dem Auto über die Landstraße

Hoppla, da war doch im Herbst und Winter noch ein See? Richtig. Den findest du aber nur in der kalten Jahres-

Cerkniško Jezero: Im Sommer ist der Sickersee verschwunden

zeit dort. Der Sickersee von Cerknica breitet sich auf einem *polje*, einem Feld aus. Das ist eine typische Karsterscheinung. Da es zu wenig Abflüsse im Feld von Cerknica gibt, um die Wassermengen im Winter abzuleiten, treten die Bäche über die Ufer – und so wirkt das Ganze wie ein riesiger See. Wie genau das funktioniert, kannst du dir an einem gut gemachten Modell im Museum anschauen *(April–Okt. Sa 15 Uhr, im Winter nach Voranmeldung | Eintritt 7 Euro | Dolenje jezero 1e | Mobil 04 1 56 18 70 | jezerski-hram.si)*. Wenn du mit dem Boot über den See schippern willst oder eine Runde reiten, solltest du den Bauern von der *Tourist Farm Kontrabantar* anrufen *(Do–So | Dolenja vas 72 | Tel. 01 7 09 22 53 | danijela.si)*. Er kann dich auch zur *Gostilna Rakov Škocjan (tgl. | Tel. 01 7 07 14 64 | €€)* bringen, die zu einem angenehmen Hotel in einem Karstwald gehört. *D6*

Einzigartige Höhlenburg: Predjamski Grad

15 HÖHLENBURG PREDJAMSKI GRAD ★

11 km/15 Min. mit dem Auto über die Landstraße

Von dieser Lage träumt wohl jeder Ritter: Die riesige Renaissance-Höhlenburg klebt direkt unter einer steilen Felswand, die höher ist als ein Fußballfeld lang! Das sieht spektakulär aus, doch es kommt noch besser: Die Burg umfasst ein Labyrinth an Geheimgängen, die die Versorgung sicherstellten, als die Burg belagert wurde. *Tgl. Nov.–März 10–16, April, Okt. 10–17, Mai/Juni, Sept. 9–18, Juli/Aug. 9–19 Uhr | Eintritt 13,80–14,90 Euro; Höhle unter der Burg: Juni–Sept. Führungen tgl. 11, 13 und 16 Uhr | Eintritt 9,90 Euro | postojnska-jama.eu | D5*

16 KRIŽNA JAMA

28 km/30 Min. mit dem Auto

Ohne Gummistiefel und Taschenlampe geht in der Kreuzhöhle nichts. Dann durchquerst du die große Halle, kommst an ein paar Knochen von Höhlenbären vorbei und lässt dich im Boot durch die Wasserhöhle schippern – aber nur über den ersten von 22 glasklaren Seen. Längere Touren musst du im Voraus buchen. *Führungen: Jan–März, Nov./Dez. Sa/So 15, April–Juni, Okt. tgl. 15, Sa/So auch 11, Juli/Aug. 9, 11, 13, 15, 17, Sept. 11, 13,15 Uhr | Eintritt 10–12 Euro | Tel. 041 63 21 53 | krizna-jama.si | Schnupperfahrt: 90 Min. | E6*

17 RAKOV ŠKOCJAN

11 km/15 Min. mit dem Auto

Zwei Felsbrücken sind stumme Zeugen: Sie entstanden durch den Einsturz einer Höhlendecke und überspannen nun die 2,5 km lange, grüne Schlucht am Flüsschen Rakov. Der fließt mal oberirdisch, mal unterirdisch, wie es sich für einen echten Karstfluss so gehört. Pack deine Wanderschuhe ein, in dem Naturreservat gibt es wirklich schöne Wege! *Eintritt frei | notranjski-park.si |* *D6*

18 SCHLOSS (GRAD) SNEŽNIK

45 km/70 Min. mit dem Auto

Rapunzel ist nur gerade einmal kurz zum Kämmen verschwunden; bald wieder öffnet sie ihr Fenster und blickt versonnen über den alten Landschaftspark ... Im 13. Jh. wurden die Fundamente dieser Märchenburg am Fuß des 1796 m hohen Snežnik-Berges gesetzt. Der Park erhielt im 19. Jh. ein Facelifting, das Renaissanceschloss sieht zwar noch aus wie früher, nur blitzblank aufgehübscht. *Führungen stdl. April–Sept. 10–18, im Winter Di–So 10–16 Uhr | Eintritt 5 Euro | nms.si | 1 Std. |* *D6*

Prunkvolle Einrichtung der Innenräume von Schloss Snežnik

NOVO MESTO (RUDOLFSWERTH)

(F–G 5–6) **Das gemütliche Städtchen (22 000 Ew.) schmiegt sich hübsch in eine Schleife der Krka.** Du kannst über den Hauptplatz und die Arkadengänge bummeln oder ins Museum gehen – allein das lohnt schon den Abstecher in die „Neue Stadt".

SIGHTSEEING

HAUPTPLATZ (GLAVNI TRG)

Irgendwie wirkt der Platz wie eine breite Straße. Prima ist, dass man beim Stadtbummel hier keinen Schirm braucht: Die Arkaden der meisten Häuser (17. Jh.) schützen nämlich vor Regen und Sonne.

NIKOLAUSKIRCHE (SV. MIKLAVŽ)

Hej, das ist ja ein echter Tintoretto! Das Werk des venezianischen Meis-

Das Wasserschloss Otočec steht auf einer künstlichen Insel

ters hängt im ältesten Haus der Stadt (1429), einer Kirche mit Wehrturm. Außen Gotik, innen Barock – einen Stopp wert! *Kapiteljski hrib*

MUSEUM VON UNTERKRAIN (DOLENJSKI MUZEJ) ★

Ritter für einen Tag? Schau dir die Funde im Museum von Unterkrain an: Ein Kriegerhelm ist mindestens 2800 Jahre alt! Perfekt geformte Brustpanzer begeistern Mittelalter-Nerds, und Burgfräulein würden Gefallen am Bernsteinschmuck finden. Rund um Novo Mesto wurden Hügelgräber ausgehoben, in denen man viele interessante Dinge gefunden hat, die man nun modern aufbereitet im Museum zeigt. *April–Juni, Sept./Okt. 9–17, Juli/Aug. D–Sa 9–19, Nov.–März 9–16 Uhr | Eintritt 5 Euro | Muzejska ulica 7 | dolenjskimuzej.si | 1–2 Std.*

ESSEN & TRINKEN

GOSTILNA PUGELJ

INSIDER-TIPP
Hähnchen, knusprig & kross

Das beste Backhendl weit und breit gibt's in diesem gutbürgerlichen Lokal. Vegetarier bestellen *Sirovi štruklji,* salzigen Quarkstrudel – lecker und typisch slowenisch. *Tgl. 8–16 Uhr | Ždinja Vas 6 | Novo Mesto | gostilna-pugelj.si | €€*

GOSTIŠČE LOKA

Toll ist vor allem die Lage des Lokals direkt am Fluss. Und das Essen? Es gibt ordentliche slowenische, aber auch internationale Gerichte. Wirf unbedingt auch einen Blick auf die Kuchenvitrine! *Tgl. | Župančičevo sprehajališče 2 | Tel. 07 3 32 11 08 | gostisce-loka.si | €€*

OŠTARIJA RUDOLFSWERTH

Ein wenig versteckt erwartet dich ein angenehmes Restaurant mit guter slowenischer Küche. *So geschl. | Kandijska cesta 35 | Tel. 07 3 32 33 35 | ostarija-rudolfswerth.si | €€*

SPORT & SPASS

Zugegeben, die Krka ist hier recht lebhaft. Das mögen vor allem erfahrene Kanusportler, die ihr Können bei organisierten Touren in Dolenjske Toplice testen. Anbieter z. B. *K2M (Pionirska cesta 2 | Tel. 07 3 06 68 30 | k2m.si).*

BALNEA FUN DOLENJSKE TOPLICE
Ahoi, Seeräuber! Kinderfavorit im Wasserpark *Balnea Fun* ist ein Piratenschiff: Mit Riesenwasserpistolen spritzen, unter Duschen geraten, klettern, rutschen – die Zeit verliegt hier im Nu. Im Freien machen vier Wasserrutschen echt Spaß (ab 1,30 m). Und die Großen? Dümpeln ganz klassisch im Thermalbad in warmem Heilwasser. *So–Do 9–21, Fr/Sa bis 23 Uhr | Familienkarte 30–52 Euro | terme-krka.com*

RUND UM NOVO MESTO

19 BURG (GRAD) ŽUŽEMBERK
24 km/25 Min. mit dem Auto über die Landstraße
Wunderschöne Burg, die sich über der Krka erhebt. Nicht alles ist restauriert, aber die dicken Mauern und Türme geben dir eine leise Ahnung, wie mächtig die mittelalterliche Burg einmal gewesen ist *(Eintritt frei | zuzemberk.si | 30 Min.).* Die grünen Hügel in der Umgebung wirken so schön friedlich – eine echt ruhige Ecke. Im touristischen Bauernhof *Domačija Novak (Sadinja Vas pri Dvoru 7 | Dvor | Tel. 04 1 34 30 00 | domacijanovak.eu | €)* kommt in den Kochtopf, was gerade im eigenen Garten wächst oder von anderen Direkterzeugern aus der Umgebung stammt. *F5*

INSIDER-TIPP
Frischr geht's nicht

20 DOLENJSKE TOPLICE
12 km/15 Min. mit dem Auto über die Landstraße
Erstmal den Koffer in einem der beiden Hotels *Vital* oder *Kristal (beide Tel. 08 2 05 03 00 | terme-krka.com | €€)* im traditionsreichen Kurbad (13 km südwestl. von Novo Mesto) abstellen. Dann ab zur Radtour oder zum Wandern durch die Wälder. Oder lieber zum Kanufahren auf die Krka? Fahrrad- und Kanuverleih bei *K2M (Pionirska cesta 2 | Tel. 07 3 06 68 30 | k2m.si).* Anschließend wird relaxt! *F6*

21 BURG (GRAD) OTOČEC ★
9 km/10 Min. mit dem Auto über die Autobahn und Landstraße
Gleich kommt der Prinz auf seinem Pferd angeritten! Das auf einem winzigen Kalksteininselchen gebaute Wasserschloss Otočec wirkt wie eine Märchenkulisse. Klar, dass Spitztürmchen und dicke Mauern da nicht fehlen dürfen. Ein gepflegter englischer Park unterstreicht den Luxus. Mit dem nötigen Kleingeld kannst du im Burgrestaurant einkehren. *Grajska cesta 2 | grad-otocec.com | €€€ | G2*

22 KARTÄUSERKLOSTER (KARTUZIJA) PLETERJE
20 km/25 Min. mit dem Auto
Ruhig und abgeschieden leben die Kartäusermönche in ihrem Kloster an den Hängen der Gorjanci-Berge, umgeben von Obstbäumen und Weinreben. Damit der Tagesablauf der Patres nicht gestört wird, ist nur die gotische

Dreifaltigkeitskirche zur Besichtigung freigegeben. In einer interessanten Multivisionsschau erfährst du viel über die Kartäuser.

INSIDER-TIPP
Von wegen Flasche leer

Sehr gut und bekannt ist der hausgebrannte Birnenschnaps *Pleterska hruška* (mit einer ganzen Birne in der Flasche), den es im Klosterladen gibt. *Eintritt Kirche 12 Euro | Drča 1 | Šenternej | kartuzija-pleterje.si*
Und wenn du schon da bist, schau dir auch die Bauernhäuser im *Freilichtmuseum* gegenüber an *(April–Okt. 9–17 Uhr | Eintritt 4 Euro | facebook: OpenAirMuseumPleterje |* *G5*

23 KOSTANJEVICA

25 km/30 Min. mit dem Auto

Alles Holz, oder was? Da steuerst du auf das mittelalterliche Zisterzienserkloster zu, und dann so was – gut 130 monumentale Holzskulpturen auf der grünen Wiese. Das würde man in dem winzigen Kostanjevica na Krki (750 Ew.) gar nicht vermuten. Die Skulpturen stammen vom Bildhauertreffen „Forma Viva", das hier seit 1961 alle zwei Jahre stattfindet. Im Kloster selbst, mit einem dreistöckigen, echt imposanten Arkadenhof, ist eine der besten Kunstgalerien Sloweniens untergebracht, mit vielen Expressionisten. Spannend sind die Kunstinstallationen in der Klosterkirche: Romanische Architektur meets moderne Formensprache! *Di–So 10–18, Mitte Juni–Mitte Sept. Di–Do, So 10–18, Fr/Sa bis 20 Uhr | Eintritt 6 Euro | Grajska cesta 45 | galerija-bj.si*
Der Ort selbst ist echt nett; er hat ein paar hübsche Häuser und liegt malerisch auf einer künstlichen Krka-Insel mit drei Brücken. Herunterkühlen kannst du dich an heißen Tagen in der Tropfsteinhöhle *Kostanjeviška jama (15. April–31. Okt. Sa/So, Juli/Aug. tgl. Besichtigung 10, 12, 14, 16, 18 Uhr | Eintritt 10 Euro | kostanjeviska-jama.com),* wo du an einem Höhlensee vorbeikommst. *G5*

24 BURG (GRAD) MOKRICE

51 km/32 Min. mit dem Auto über Autobahn und Landstraße

Wenn du Schlösser magst, solltest du hier unbedingt vorbeischauen: Vier runde Ecktürme rahmen das Bauwerk ein, das auf einem Hügel im slowenisch-kroatischen Grenzgebiet Gorjanci thront. Die Anlage ist heute ein Luxushotel *(terme-catez.si),* auf den perfekt zurechtgestutzen Wiesen wird Golf gespielt (18 Loch). *H5*

25 BELA KRAJINA

31 km/28 km mit dem Auto

Ruhe! Die findest du in der „Weißkrain" oder „Weißen Mark": Die südöstlichste Ecke Sloweniens begrenzt die Kolpa, die die Kroaten auf der anderen Seite des Flusses Kupa nennen. Die beiden Hauptorte Metlika und Črnomelj wirken wie aus der Zeit gefallen, mit netten kleinen Stadtschlösschen und entschleunigtem Tempo. Auch die Karstlandschaft, die hier dichte Wälder und lichte Birkenhaine umfasst, erscheint fast mystisch ruhig. An den Hügeln wird Wein angebaut – probier mal die exzellenten Tropfen *Belokranjec* (weiß) und die *Metliška Črnina* (rot). Einige der Weinberghäuschen *(zidanice),* in denen

Von der Sonne verwöhnt: Weinberge in der Bela Krajina

früher der Wein gelagert wurde, sind heute zu komfortablen Ferienhäusern ausgebaut, in denen du mal eine Nacht total runterfahren kannst *(zidanice.si)*. *G6–7*

26 KOČEVSKI ROG

35 km/45 Min. mit dem Auto

Der „Hornwald" ist grün, dicht und fast menschenleer. Vor allem ist das Gebirge zwischen Novo Mesto und Kočevje (Gottschee) aber riesig und etwa 23mal so groß wie der Frankfurter Flughafen! Das mögen Bären, Wölfe und Luchse, die hier durch die Landschaft streifen, denn da kommt ihnen nur selten mal ein Pilzsammler in die Quere. Die uralten Buchen bieten nicht nur Tieren Schutz – im Zweiten Weltkrieg fanden hier auch die Partisanen einen ziemlich abgeschiedenen Schlupfwinkel. *Baza 20*, eine richtige kleine Siedlung mit Druckerei, Schule und Hospital, verbirgt sich dort im Wald. Die Außenanlagen sind frei zugänglich; du kannst dir auch einen Film anschauen oder eine Führung buchen *(Mo–Fr 8–16 Uhr | Führung 4 Euro | Anmeldung bei baza.20@dolenjskimuzej.si | Baza 20)*.

Auf der knarzigen Holzbank im Unterstand wirst du vermutlich ein paar Stunden ausharren müssen. Wenn du Glück hast, stapft irgendwann ein Braunbär vorbei, den du dann aus nächster Nähe knipsen kannst. Und keine Sorge, du bist nicht allein im Wald: Miha Mlakar, der schon viele Bärenfotografen begleitet hat, organisiert die Fotosafari für dich und sorgt dafür, dass die zottigen Tiere in ihrem Lebensraum rund um Kočevje dabei nicht übermäßig gestört werden *(slovenianbears.com)*. *F6*

INSIDER-TIPP
Der mit dem Bären tanzt

MARIBOR & DER NORDOSTEN

WEINBERGE, SONNENBLUMEN & MÜHLEN

Alles wirkt ziemlich gemütlich, manchmal sogar ein wenig wie aus Omas Zeit: Im Osten Sloweniens, der Štajerska, zeichnen Weinstöcke in geschwungenen Reihen Muster auf die Hügel. Beim Outdoor-Spaß, Radfahren oder Wandern begleiten dich Heiligenstatuen oder Marterlkreuze.

Und weiter nach Osten, auf der anderen Seite der Mura, dem Prekmurje, krönen Storchennester auf Masten und Kirchtürme die Landschaft. Alles wirkt ein wenig wie aus der Zeit gefallen. Aber nicht

Goldgelbes Blütenmeer: Sonnenblumenfeld im Prekmurje

überall: Maribor ist das urbane Zentrum der Region. Und wie es sich für eine echte Studentenstadt gehört, gibt es hier viele gute Klubs und Kneipen. Der Sommer in Maribor gehört ohnehin den Cafés am Drava-Ufer. Im Winter geht es vor die Stadt, da stürmen alle das Pohorje-Gebirge für Ski-Fun. Die schönste Jahreszeit im Osten von Slowenien ist jedoch der Herbst: Dann wird überall Wein gekeltert, es wird gefeiert, und in den Gasthäusern gibt es deftige, hausgemachte *koline*, Schlachtplatte!

MARIBOR & DER NORDOSTEN

MARCO POLO HIGHLIGHTS

★ **KARTÄUSERKLOSTER ŽIČE**
Aus der Zeit gefallen: romantisches Mauerwerk in einem stillen Tal ➤ S. 110

★ **WALLFAHRTSKIRCHE PTUJSKA GORA**
Die Schutzmantelmadonna zieht alle auf den Berg hinauf ➤ S. 113

★ **ROGAŠKA SLATINA**
Nostalgische Reise in die Kurbadära der K.u.k.-Zeit ➤ S. 113

★ **MINORITENKLOSTER OLIMJE**
Hinter barocken Mauern verbirgt sich eine der ältesten Apotheken Europas ➤ S. 114

★ **VINARIUM LENDAVA**
Glitzernder Hightech-Turm mit Blick auf vier Länder ➤ S. 117

Tagsüber wie abends Treffpunkt: Maribors Stadtteil Lent am Ufer der Drava

MARIBOR (MARBURG A. D. DRAU)

(📖 H3) **Laut klackern die Absätze über das alte Pflaster von Maribor, der zweitgrößten Stadt Sloweniens (95 000 Ew.). Hier kannst du eine hübsche Fassade bestaunen, dort ein kleines Stadtschlösschen bewundern, ein paar verwinkelte Gassen und Durchgänge entdecken – und dann geht's hinunter an die Drava ins Szeneviertel Lent mit seinen vielen Cafés.**

Schlürf einen Espresso am Fluss oder besser noch,ein Glas Weißwein, denn dafür ist die Gegend um Maribor ziemlich bekannt, und triff ein paar nette Studenten. In gemütlicher Atmosphäre schwärmen sie dir vermutlich von den Orten vor, die du auf keinen Fall verpassen darfst: vom grünen Aussichtshügel Piramida und dem Pohorje-Gebirge in der Umgebung von Maribor.

SIGHTSEEING

HAUPTPLATZ (GLAVNI TRG)

Verschnörkelte Fassaden, ein paar Straßencafés und das alte Rathaus *(Rotovž)*, das in seinen Hallen moderne Kunst zeigt – so sieht der gemütliche Hauptplatz von Maribor aus. In der Mitte erinnert die Pestsäule mit Heiligenfiguren daran, dass der Schwarze Tod im 17. Jh. fast ein Drittel der Stadtbevölkerung dahinraffte.

LENT

Im Sommer kommt richtig Leben in das hübsche Lent-Viertel an der Drava: Dann trifft sich dort gefühlt die halbe Stadt in den Cafés und Restaurants zum People-Watching. In den schmalen Gassen zwischen Alter Brücke und Gerichtsturm lebten im Mittelalter viele Handwerker, die Straßennamen erinnern noch daran. Ein Stück weiter unten am Fluss kannst du vor dem dickbauchigen, mittelalterlichen *Wasserturm (Tgl. | Vodni stolp | Usnjarska ulica 10)* direkt an der Drava einen Kaffee schlürfen. Nördlich davon beginnt das Jüdische Viertel mit der alten *Synagoge (Židovska ulica 4 | sina gogamaribor.si).*

HAUS DER ALTEN REBE (HIŠA STARA TRTE)

Hast du schon mal einen Weltrekord aus nächster Nähe bestaunt? Falls nicht, kannst du das im Lent-Viertel nachholen: Am „Haus der Alten Rebe" *(Hiša stare trte),* das im Mittelalter mal Teil der Stadtmauer war, klettert seit rund 450 Jahren eine Rebe die Fassade hinauf. Damit gilt sie als die älteste der Welt! Wein gibt sie auch noch her, und wenn die Trauben geerntet werden, feiert die ganze Stadt jedes Jahr ein fröhliches Fest. Im Haus erfährst du viel über die guten Tropfen der Region – und kannst sie natürlich auch probieren. *Mai-Sept. tgl. 9–20, Okt.-April Mo–Sa 9–18, So 9–16 Uhr | Eintritt frei | Vojašniška ulica 8 | staratrta.si*

STADTBURG (MESTNI GRAD)

Ist das nun eine Festung? Oder eher ein Palast? Auf alle Fälle ein spannendes Gebäude mitten in der Innenstadt. Schau dir unbedingt das Rokoko-Treppenhaus an der Ostfassade an: Dort rutschen Steinputten das Geländer hinunter, das ist ein schönes Fotomotiv! Im Museum der Stadtburg findest du alte Uniformen, Lampen und eine nostalgische Apothekensammlung. *Di–Sa 10–18, So 10–14 Uhr | Eintritt 5 Euro | Grajska ulica 2 | museum-mb.si*

VINAGOVA KLET

Schau nach dem Fass, dort findest du den Weg hinab in einen der größten Weinkeller Europas. Schon seit 200 Jahren wird direkt unter der Innenstadt Wein gelagert. Schließ dich unbedingt einer Führung an! *Mo 17–18, Mi 10–11, Fr 17–18, Sa 15–17 Uhr | Eintritt 8 Euro | Anmeldung über die TIC: visitmaribor.si*

PIRAMIDA

Der Stadthügel von Maribor (386 m) ist ein Ort für Romantiker: Die Drava glitzert silbrig, dahinter erhebt sich

WOHIN ZUERST?

Starte am besten in der Altstadt: Der Hauptplatz *Glavni trg* und der *Trg svobode* liegen nördlich des Flusses Drava. Parken kannst du entlang der Flusspromenade im Viertel Lent. Von der südlichen Flussseite, wo sich die meisten Unterkünfte befinden, kommst du über die Brücke *Glavni most* in die Altstadt. Der Stadtbus 6 bringt dich zum Lift ins Pohorje-Gebirge hinauf.

das Pohorje-Gebirge, und ganz Maribor liegt dir zu Füßen! Den tollen Panoramablick musst du unbedingt erleben, das lohnt den Aufstieg! Einfach vom Stadtpark nördlich der Altstadt durch die Weinberge 20 Minuten hinaufspazieren. Wenn du noch Energie hast, kannst du weiter hinauf auf den Kalvarienberg (Kalvarija).

ESSEN & TRINKEN

ANDERLIČ

Einer der vielen ländlichen Gasthöfe: Anderlič liegt hinterm Kalvarija-Hügel zwischen Weinreben. Wenn im Herbst *koline* (Schlachtplatte) aufgetischt wird, gibt's kein Halten mehr. Sonntags sehr voll! *Mo geschl. | Za Kalvarijo 10 | Tel. 022 34 36 50 | facebook: GostilnaAnderlic | €*

Bosnische Küche mit Aussicht auf die Altstadt: Restaurant Orient

ETNO HIŠA BAŠČARŠIJA

Das freundliche Gästehaus mit Restaurant im Stadtzentrum wird von einem bosnischen Paar geführt; die Dekoration bringt dir dessen Heimatstadt Sarajevo näher. *Poštna ulica 8 | Tel. 02 2 50 63 59 | bascarsija.si | €*

JACK & JOE STEAK AND BURGER CLUB

Sonnenschein, ein würziges Craft-Beer und den leckersten Burger der Stadt. Dazu der Ausblick auf die Drau – da will man gar nicht mehr weg! *Tgl. | Ob bregu 20 | Mobil 05 1 37 06 21 | jackandjoe.si | €€*

MAK

Slow-Food-Paradies: Kein profanes Abendessen, sondern ein Food-Event! In diesem In-Restaurant wird alles kunstvoll angerichtet, und es schmeckt ausgezeichnet. Reservieren! *Di–Sa | Osojnikova ulica 20 | Tel. 02 6 20 00 53 | restavracija-mak.si | €€€*

ORIENT

Ćevapčići und Grillteller bestellst du am besten hier. Tolle Lage an der Drau. *Tgl. | Taborska ulica 12 | Tel. 02 3 32 16 00 | restavracija-orient.si | €€*

PRI TREH RIBNIKIH

Herrlich chillen kannst du auf einer Terrasse im Grünen, dazu ist das alte Gasthaus an den „drei Teichen" zwischen Kalvarija und Piramida ideal. Ach ja, und um slowenische Küche zu probieren natürlich! *Tgl., im Winter Mo geschl. | Ribniška ulica 3 | Tel. 02 2 34 41 70 | €€*

ROŽMARIN

Restaurant, Steakhaus und Café: Drei Lokale unter einem Dach, angenehmes Ambiente, gute Weinauswahl, am Samstag prima Frühstück (9–12 Uhr). *So geschl. | Gosposka ulica 8 | Tel. 02 2 34 31 80 | rozmarin.si | €€*

SHOPPEN

ARTMIJEMAR

Unbedingt mal reinschauen: originelles Kunsthandwerk, Klamotten und Design aus Slowenien. *Gosposka ulica 7 | artmijemar.si*

WOCHENMARKT (TRŽNICA)

Der Wochenmarkt ist ein Erlebnis: Zwischen den Ständen mit Obst, Gemüse, Kräutern, Honig, Essig, Öl, bunten Blumen und manchmal sogar lebendem Federvieh drängeln sich alle Hausfrauen von Maribor. *Mi, Fr, Sa 7–13 Uhr | Vodnikov trg*

SPORT & SPASS

Schnapp dir ein Rad oder ein E-Bike und radel ein Stück entlang der Drava *(Info und Verleih April–Okt. bei TIC Maribor: visitmaribor.si).* Oder strampel ins Pohorje-Gebirge hinauf, wo du auch einen *Bike Park (Pohorska ulica 60 | bikeparkpohorje.si | Tageskarte Mo–Do 20, Fr–So 24 Euro)* findest – der kickt richtig!

Vom Hügel Piramida hast du einen Traumblick auf Maribor

PUSTOLOVSKI PARK BETNAVA

Der Hochseilgarten im dichten Wald hält Parcours aller Schwierigkeitsgrade, Ziplines und Boulderwände für kleine und große Kletterkünstler bereit. *März/April Sa/So 10–19, Mai/Juni Di–Fr 15–19.30, Sa/So 10–19.30, Juli/Aug. tgl. 10–20, Sept./Okt. Di–Fr 15–18.30, Sa/So 10–18.30 | Eintritt 16 Euro, Kinder 6/12 Euro | Ljubljanska cesta 128 | Mobil 03 1 78 74 25 | pustolovski-park.si*

AUSGEHEN & FEIERN

The place to be ist der Stadtteil Lent am Ufer der Drava, wo Kneipen- und Restaurant-Hopping angesagt ist – supernett an Sommerabenden!

KLUB MC PEKARNA

INSIDER-TIPP
Auf ein Bier in der Bäckerei

In der alten Militärbäckerei triffst du auf die alternative Szene von Maribor. Hier gibt es das günstigste Bier der Stadt. *Tgl. ab 18 Uhr | Ob železnici 16 | pekarna.net*

PAPAGAYO LOUNGE BAR

Schick, modern, trendy – das *Papagayo* fungiert tagsüber als angesagtes Café und verwandelt sich nachts in eine Lounge-Bar mit Promi-DJs und gelegentlichen Livekonzerten. *Gosposka ulica 6 | Mobil 040 15 44 07*

SATCHMO JAZZ KLUB

Im Keller der *Umetnostna Galerija* swingen und jammen die Größen des slowenischen Jazz. *Tgl. Livemusik ab 20 Uhr | Strossmayerjeva 6 | Tel. 040 45 47 79 | satchmo.si*

RUND UM MARIBOR

1 POHORJE

5 km/10 Min. mit dem Auto

Irgendwie wirkt die Gegend wie in einem Schweden-Krimi: Hochmoore, dunkle Wälder, grüne Moospolster – so präsentiert sich das Mittelgebirge vor Maribors Haustür. Ein zweistündiger, gut ausgeschilderter Rundwanderweg führt durch Wald und über Holzstege durch das Moor der *Lovrenška jezera*. Über den Moorseen tanzen Libellen und Nachtpfauenaugen. Im *Športni center Pohorje* findest du einen Slack-Line-Park, Sommerrodelbahn, Hochseilgarten und einen Energetischen Weg – wo du dich richtig auspowern kannst. Einer der höchsten Gipfel ist der Rogla (1517 m), im südlichen Pohorje-Gebirge – mit Skipisten, Rodelbahn (auch im Sommer!) und Bikepark. *G3–4*

2 KARTÄUSERKLOSTER (KARTUZIJA) ŽIČE ★

43 km/40 Min. mit dem Auto über die Landstraße

Nein, du musst das Navi nicht neu starten. Alles in Ordnung, die Straße durch das enge, bewaldete Tal ist richtig, folge ihr! Irgendwann stehst du dann vor dem hübschen Kloster mit dicken Mauern und Türmchen, das zwar ein wenig verwittert wirkt – aber genau das ist richtig romantisch! Farn und Löwenzahn wachsen aus den Mauerspalten der Klosterkirche. Nimm dir minzig-duftenden Kräutertee im Klosterladen *Viva Sana* mit, der dich an diesen tollen Ort erinnert! Neben dem Kloster findest du eines der ältesten Gasthäuser Sloweniens, das einfach *Gastuž (Do–So 10–18 Uhr | Tel. 037 52 37 32 | €€)* heißt und Lachsforelle serviert. *Kloster März Fr–So 10–16, April–Mitte Juli, Sept./Okt. Di–So 10–18, Mitte Juli–Aug. tgl. 10–18, Nov.–Feb. Sa/So 10–16 Uhr | Eintritt 6 Euro | facebook: kartuzijazice | G3*

PTUJ (PETTAU)

(H3) **Mach eine romantische Zeitreise nach Ptuj (24 000 Ew.) – du wirst überrascht sein, wie schön es dort ist! Die Altstadt säumen hübsche Fassaden, enge Gassen ziehen sich den Burgberg hinauf, und unten fließt die Drava entlang.** Und genau das ist das bekannteste Bild der Stadt: Der Blick vom Fluss auf die gestaffelten roten Ziegeldächer! Komm unbedingt an Karneval, *Kurentovanje* ist kein beliebiges Faschingsfest, sondern das bekannteste und lustigste Event mit Umzügen und zotteligen Fellkostümen – das macht Laune!

INSIDER-TIPP
Grimmige Gesellen

SIGHTSEEING

BURG (PTUJSKI GRAD)

Hübsch saniert ist die alte Burg, zu der von der Altstadt eine Treppengasse hinaufführt. Ein Highlight, gleich neben der Kasse sind die zotteligen Kurent-Fellkostüme, die zu den bekanntesten slowenischen Karnevalstraditionen gehören. Fotostopp: Die roten Ziegeldächer der Altstadt ziehen sich hinunter bis zur Drava – ein tolles Panorama. *Mai–Mitte Okt. tgl. 9–18, Mitte Okt.–April tgl. 9–17, Sa/So im Juli/Aug bis 20 Uhr | Eintritt 6 Euro | Na gradu 1 | pmpo.si*

DOMINIKANERKLOSTER (DOMINIKANSKI SAMOSTAN)

Himbeerrosa ist die Fassade des Dominikanerklosters, das zu einem modernen Event-Zentrum umgestaltet

Blick auf die gut erhaltene Altstadt von Ptuj, der ältesten Stadt Sloweniens

wurde. Der gotische Kreuzgang ist das stille Herz. Auf dem Weg zur Burg kannst du hier kurz stoppen. *April-Sept. Di–So 10–18 Uhr | Eintritt 4 Euro | Muzejski trg 1 | dominikanskisamostan.si*

PREŠERNOVA ULICA

Schmale Häuser, Cafés und kleine Geschäfte säumen diese sehenswerte Straße. Gotische und sogar romanische Architekturdetails gibt es hier zu entdecken: An Nr. 1 versteckt sich unter dem Eckerker z. B. ein Fratzenkopf.

SLOWENISCHER PLATZ (SLOVENSKI TRG)

Ein gemütlich wirkender Platz mit einer mächtigen Kirche *(Sveti Juraj)*, einem Stadtturm mit Buchhandlung und einem römischen Grabstein. Erwarte nun keinen winzigen Stein, sondern einen echt imposanten Klotz – der im Mittelalter sogar mal als Pranger diente. Schau dir das Relief an, das Orpheus zeigt, der mit seinem Gesang ein Raubtier besänftigt. Im Winter wird der Stein abgedeckt.

WEINKELLER (VINSKA KLET)

Goldgelb, mit Aromen von Pfirsich oder reifen Früchten? Wunderbar aromatisch präsentieren sich die Weißweine im alten Weinkeller (19. Jh.); eine Light-and-Sound-Show stimmt auf die Besichtigung der Gewölbe und die anschließende Verkostung ein. Vertreten sind auch die berühmten Weine aus der Hangregion Haloze, die schon die Römer kannten. Probiertipp: Laški Rizling (Welschriesling), Rumeni Muškat (Gelber Muskateller) und Beli Pinot (Weißburgunder). *Mo–Sa 9–17 Uhr, Besichtigung nur nach Voranmeldung | Eintritt mit Multivision und Wein 3 Euro | Vinarski trg | Tel. 02 787 98 10 | ptujska-klet.si*

ESSEN & TRINKEN

AMADEUS

Das gemütliche Gasthaus ist für seine grandiosen Strudelteigrollen *(štruklji)* bekannt. Süß oder salzig? Beides lecker! Auch die Buchweizengerichte musst du probieren! *Tgl., So. nur mittags | Prešernova ulica 36 | Tel. 02 771 70 51 | gostilna-amadeus.si | €€*

MUZIKAFE

Ein kreativ zusammengewürfelter Mix aus verschiedenen Tischen, Stühlen und Deko erwartet dich in diesem Café mit Terrasse. *Tgl. | Vrazov trg 1 | Tel. 02 787 88 60 | muzikafe.si | €*

PRI KAPELI

Du sitzt auf einer rustikalen Holzbank, während das Fleisch auf dem Grill schmort, und schaust einfach übers Weinland. Dann kommt das leckere Essen mit Karotten und Grünzeug aus dem eigenen Garten! *Tgl. | Drbetinci 26 | Vitomarci | Tel. 02 757 54 11 | prikapeli.si | €€*

RIBIČ

Auf der Terrasse am Ufer der Drava könnte der Traditionswirt alles servieren – so schön und romantisch ist der Platz. Im „Fischpaprikasch" *(ribji paprikaš)* schmeckt das nahe Ungarn durch! *Tgl. | Dravska ulica 9 | Tel. 02 749 06 35 | €€*

Würdevoller Rahmen für edle Tropfen: Weinkeller (Vinska klet) in Ptuj

RUND UM PTUJ

3 HALOZE

15 km/15 Min. mit dem Auto über Autobahn und Landstraße

Eine eigenartig gefaltete Bergregion verläuft entlang der slowenisch-kroatischen Grenze. Steile Hügel stehen wie Hüte nebeneinander; und auf jedem thront eine Kapelle, ein Hof oder eine Schankwirtschaft, die aber nur zur Weinlese im Herbst öffnet. Eine nette Rundfahrt (ca. 40 km ab Ptuj) führt von Videm pri Ptuju über Dravinjski vrh mit einer sehenswerten romanischen Pfarrkirche durch Weinberge nach Podlehnik. Dann geht's auf 400 m Höhe auf die Gorca in Richtung Tomajna. Der Rückweg über Zgornja Pristava nach Ptuj führt durch das sogenannte Pettauer Feld *(Ptujsko polje)*, eine fruchtbare Ebene. *H–J 3–4*

4 WALLFAHRTSKIRCHE PTUJSKA GORA ★

14 km/20 Min. mit dem Auto über die Landstraße

Als eine der schönsten gotischen Kirchen Sloweniens taucht sie gerne als Instagram-Motiv auf: Die Wallfahrtskirche von Ptujska Gora. Sie thront auf einem mächtigen Hügel und wirkt einfach super-romantisch. Die Madonna über dem Altar breitet ihren Schutzmantel über alle aus, über Bauern, Priester und Reiche – ohne Unterschied. *H3*

5 ROGAŠKA SLATINA ★

40 km/45 Min. mit dem Auto über die Autobahn und Landstraße

Ein wenig Nostalgie muss sein: Der K.u.k.-Kurort ist nett, um dort durch den blühenden Promenadenpark zu bummeln und das Postkartenmotiv-Hotel mit vanilleeisgelber Fassade zu fotografieren. Die Heilquellen, die hier sprudeln, kannten vermutlich

schon die Römer, der K.u.k.-Adel hat sie dann zum Kuren genutzt.
Rogaška Slatina kennt in Slowenien übrigens jedes Kind – für sein Bleikristall. Klingt nach Vintage-Style? Nein! In der Glasfabrik am Ortsrand bekommst du auch zeitlos minimalistische Gläser, die Qualität ist wirklich prima.

INSIDER-TIPP
Glaskunstschnäppchen

Schau im Fabrik-Outlet vorbei, dort haben die Gläser oft nur eine Minimacke – z.B. eine winzige Luftblase – und sind viel billiger *(Ul. Talcev 1 Mo–Fr 11–18, Sa 9–13 Uhr | Steklarska ul. 1 | steklarna-rogaska.si)*. Spannend ist auch die Fabrikbesichtigung mit Glasbläsern, für die du dich aber anmelden musst *(Mo–Fr 10–13 Uhr | Anmeldung: Tel. 03 8 18 02 05 | Eintritt 8 Euro)*.
Das Gasthaus *Gostišče Jurg (Mo geschl. | Male Rodne 20 | Tel. 03 5 81 47 88 | gostiscejurg.si | €€)* am Ortsrand serviert geräucherte Forelle, Wildcarpaccio oder Rehrücken, was in der frischen Waldluft erst recht schmeckt. *H4*

6 MINORITENKLOSTER (MINORITSKI SAMOSTAN) OLIMJE ★

55 km/60 Min. mit dem Auto über Autobahn und Landstraße

Die blau-weiße Fassade des alten Schlosses ist ein echter Hingucker! Früher haben sich Grafen und Barone als Schlossherren abgewechselt, heute beten hier die Minoriten. Die freundlichen Mönche zeigen dir gerne kostenlos ihren Kräutergarten, in dem sie Heilpflanzen anbauen (Spende erwünscht). Die Produkte daraus kannst du in der Apotheke im Südturm kaufen, die als eine der ältesten in Europa gilt. Schau dir dort die bunten Fresken an, die sind wirklich beeindruckend! *Mo–Sa 9–12, 13–17/19 Uhr | Olimje 82 | Eintritt 1 Euro*
Und wo du schon mal in der Nähe bist: Perfekt zum Entschleunigen sind auch die *Terme Olimje (Zdraviliška cesta 24 | Podčetrtek | terme-olimia.com)*, 5 km östlich des Klosters. Zum Komplex gehört auch der Wellnesstempel *Orhidelia;* er hat eine schön stylishe Architektur zu bieten, und abends leuchtet der Whirpool so herrlich lila – unterm Sternenhimmel. Wenn du mit Kindern unterwegs bist, ist der *Termalni park Aqualuna (1,5 km weiter, gleicher Betreiber)* der Renner, mit mehreren guten Rutschen. *G4*

LJUTOMER (LUTTENBERG)

(J3) **Urbaner Lifestyle? Das wird völlig überbewertet: In Ljutomer (3600 Ew.) erwartet dich alles, was du zum Runterkommen brauchst.**
Ein gemütliches Ministadtzentrum, dazwischen ein paar sozialistische Wohnblocks und niedrige Handwerkerhäuser, bunt zusammengemixt. Fahr raus aufs Land: Dort kannst du Störche beobachten, leckeren Weißwein probieren und das deftige Essen mit ungarischem Einschlag genießen, denn in der Gegend, die Prlekija heißt, dreht sich alles um den Weinbau.

SIGHTSEEING

ALTSTADT

Ein Espresso auf dem Hauptplatz mit Blick auf das klassizistische Rathaus und die Marien-Pestsäule, die an die Heimsuchungen durch den Schwarzen Tod erinnert, und du hast die Hotspots von Ljutomer schon gesehen. Um die Ecke lohnt sich noch ein Blick in die Barockkirche *Sv. Janez Krstnik* mit prunkvollen Altären und einer Wehrmauer, die sie einst gegen die Türkeneinfälle schützen sollte.

ESSEN & TRINKEN

TAVERNA KUPLJEN

Mit rustikalen Holztischen empfängt dich dieses beliebte Ausflugslokal in Jeruzalem – mitten in den Weinbergen! Dort kannst du die guten Weine von Vino Kupljen probieren und kaufen. *Tgl.| Svetinje 21 | Ivanjkovci | vinokupljen.com | €€*

TURISTIČNA KMETIJA JUREŠ

Der Ferienbauernhof auf dem Weinhügel serviert im Herbst die beste Schlachtplatte *(koline)* der Region. Lass noch ein wenig Platz für den Nusszopf *potica*. Reservieren! *Tgl. | Globoka 14 | Tel. 041798795 | turizemjures.si | €€*

SHOPPEN

LONČARSTVO ŽUMAN

Saša Žuman hat in ihrer Töpferei traditionelle Techniken und Muster wiederbelebt. *Ormoška cesta 27 | loncarstvozuman.si*

OLJARNA

Die Region ist für leckeres Kürbiskernöl bekannt, das du direkt in der Ölpresse von Središče ob Dravi kaufen kannst. *Mo–Fr 7–15, Sa 7–12 Uhr | oljarna-sredisce.si*

SPORT & SPASS

Die hügelige Umgebung von Ljutomer ist ideal, um die Waden beim Radeln zu straffen. Wie wäre es mit dem 12 km langen Graureiher-Radweg, der an die Mura zu einem Nistplatz der Vögel führt. Radkarten gibt's im TIC am Hauptplatz von Ljutomer.

Im Klostergarten von Schloss Olimje wachsen die Heilkräuter der Apotheke

Gastliche Dörfer inmitten von Weinbergen prägen die Gegend rund um Jeruzalem

RUND UM LJUTOMER

7 JERUZALEM

7 km/10 Min. mit dem Auto

Es ist zwar nur das slowenische Jerusalem, doch das himmlische kann nicht weit weg sein. Echt jetzt? Ja! Ganz romantisch liegt das Dorf mitten in den grünen Weinbergen, wo die typischen Holzräder *klopotci* so laut klackern, dass sich garantiert kein Vogel an die süßen Trauben herantraut. Mach einen kleinen Roadtrip auf der Weinstraße von Ljutomer nach Ormož – dort findest du das winzige Jeruzalem mit toller Aussicht und ultra-gemütlichen Gasthäusern. Darunter auch die *Taverna Jeruzalem* 2 km außerhalb in Richtung Ormož, ein Weinkeller mit Tischen im Freien. Im romantischen Biedermeierschlösschen *Dvorec Jeruzalem (Jeruzalem 8 | Ivanjkovci | Tel. 02 7417790 | dvorec-jeruzalem.com | €€)* kannst du zu gutem slowenischem Essen die besten Weine der Region probieren. *J3*

8 MÜHLE BEI VERŽEJ

11 km/15 Min. mit dem Auto

Klipp, klapp: Entlang der Mura gab es früher Dutzende Wassermühlen, heute hält nur noch Müllerin Karmen Babič nördlich des Dorfes Veržej die Stellung. Ein Wasserrad in der Mura treibt das Mahlwerk an. Anschauen! *Mehlverkauf Mo–Fr 8–16.30, Sa 8–14 Uhr | Eintritt 1 Euro | J2–3*

9 PREKMURJE

23 km/25 Min. mit dem Auto über Autobahn und Landstraße

Ungarn ist gleich ums Eck: Das Prekmurje, das Gebiet „Jenseits der Mur" erstreckt sich mitten in der Pannonischen Tiefebene. Im Sommer ziehen

Mais- und Kartoffelfelder an dir vorbei, strohgedeckte Bauernhäuser und vermutlich siehst du auch ein paar Störche. Hauptort der Region ist das moderne Murska Sobota. Slow-Food-Fans pilgern gerne zur *Gostilna Rajh (Mo geschl. | Soboška ulica 32 | Tel. 02 543 90 98 | €€)* in Bakovci, wo es Lammbraten, selbst gebackenes Brot und gute Weine gibt.
Auf dem Ferienbauernhof *Domačija Passero (Tešanovci 21 | Moravske Toplice | Mob. 05 135 71 70 | passero.si | €)* keltern und brennen die jungen Eigentümer selbst, und gerne servieren sie ihre Würste und Schinken. Alles *domače,* hausgemacht und sehr lecker! Im Hofladen musst du die Schokolade mit hausgemachtem Kürbiskernöl mal probieren! *J-K2*

INSIDER-TIPP
Originelle Kombi

10 TERME 3000

27 km/30 Min. mit dem Auto über Autobahn und Landstraße
Wasser marsch! Ab in die Terme 3000 mit ihrem Rutschenturm, der so hoch ist wie ein Fußballfeld lang. Du donnerst durch die Röhre und gewinnst an Fahrt (ab 6 J.). In der Rutsche mit 360-Grad-Looping startest du in der Rakete, im Affenzahn geht's dann durch die Röhre (ab 10 J.). Entspannen kannst du danach im Strömungskanal. Cool ist auch die Steilrutsche, da saust du im freien Fall fast senkrecht runter – so hoch, das findest du nur selten. Eine Seilbahn gibt es auch. Das Thermomineralwasser sprudelt hier heiß und dunkel aus der Quelle, es wurde in den 1960er-Jahren bei Erdölbohrungen entdeckt. *Kranjceva ul. 12 | Moravske Toplice | sava-hotels-resorts.com | J2*

INSIDER-TIPP
Steilvorlage

11 VULKANIJA ERLEBNISPARK

45 km/50 Min. mit dem Auto
Dass ein Vulkan unter der Erdoberfläche brodelt, Lava spuckt und die Erde zittert, erleben wohl nur die wenigsten in echt. In diesem Geo-Themenpark in Grad wird alles kindgerecht simuliert, mit interaktiven Spielen. Auf Anfrage auch auf Englisch, mit Hilfe der Eltern geht's dann. *Di–So 10–18, Nov.–März nur bis 16 Uhr | Eintritt 10, Kinder 7 Euro, bis 5 J. frei | Grad 174 | vulkanija.si | Führung 1½ Std. | J2*

12 VINARIUM LENDAVA ★

33 km/35 Min. mit dem Auto über Landstraße und Autobahn
Vier auf einen Streich? Klar! Einfach die 240 Stufen auf den futuristischen Glas-Stahl-Aussichtsturm des Vinariums in Lendava hinaufklettern oder mit dem Lift nach oben sausen. Alles wurde mit EU- Fördermitteln in die Weinberge gebaut. Wow! Von oben (53 m) breiten sich gleich vier Länder im 360-Grad-Panoramablick aus: Österreich, Ungarn, Kroatien und natürlich Slowenien. Selfie nicht vergessen! Vor dem Turm trifft man sich zu hausgemachtem Gulasch und *Langosz;* das stylishe Bistro im Erdgeschoss schenkt regionale Weine aus. *Mai–Aug. 9–20, April, Sept. 10–19, März, Okt. 10–18, Nov.–Feb. Di–So 10–17 Uhr | Eintritt 7 Euro | Dolgovaške gorice 229 | vinarium-lendava.si | K3*

ERLEBNIS TOUREN

Lust, die Besonderheiten der Region zu entdecken? Dann sind die Erlebnistouren genau das Richtige für dich! Ganz einfach wird es mit der MARCO POLO Touren-App: Die Tour über den QR-Code aufs Smartphone laden – und auch offline die perfekte Orientierung haben.

1 CASTLE-HOPPING IN SLOWENIENS OSTEN

- In einer alten Höhlenburg mit Kellergeistern flirten
- Erker, Spitztürme & Co.: Romantikkick in alten Gemäuern
- Grafikdesign und afrikanische Masken in Spitztürmchen entdecken

Ljubljana

Ljubljana

ca. 450 km

2 Tage, reine Fahrzeit 7 Std.

Kosten: ca. 280 Euro für zwei Personen (Benzin, Übernachtung/DZ, Vignette, Verpflegung, Eintritte
Mitnehmen: Stabiles Schuhwerk, Regenschutz

Extravaganter Standort: Kircheninsel im See von Bled

VON SCHLÖSSERN UND SICKERSEEN

Am Stadtrand von ❶ **Ljubljana** ➤ S. 44 erwartet dich ein spannender Kontrast: *Nimm dazu auf der Ostumfahrung die Ausfahrt Ljubljana-Vzhod.* Dann stehst du schon fast vor dem weißen, makellosen ❷ **Renaissanceschloss Fužine** mit hübschem Arkadenhof. Dort ist das **Museum für Architektur und Design** *(Di–So 10–18 Uhr | 6 Euro | Rusjanov trg 7 | mao.si)* mit slowenischem Interieur, Grafikdesign und Plakaten untergebracht. Gönn dir einen Drink im stylishen Café.

Weiter geht es auf die A1; diesmal nimmst du die Südumfahrung von Ljubljana und steuerst in Richtung Postojna. Setz den Blinker bei Unec, die Landstraßen 212 und 213 führen dich am Sickersee Cerkniško jezero vorbei zum ❸ **Schloss Snežnik** ➤ S. 97: Die Silhouette schimmert weiß zwischen den Bäumen – mit einer fast magischen Aura. Bei einer Kutschfahrt erzählt dir der Bauer von der Tourist Farm Kontrabandur alles über den Sickersee, der im Sommer verschwindet – ohne Zauberei.

Fahr auf die Regionalstraße 212 über Lož zurück und Richtung Osten über Nova Vas bis zur Einmündung in die 106. Ein Abstecher nach Süden bringt dich nach

❶ **Ljubljana**

5 km

❷ **Renaissanceschloss Fužine**

77,5 km

❸ **Schloss Snežnik**

37 km

❹ Ribnica

❹ Ribnica. Der Ort ist für seine handgefertigten Holzprodukte bekannt: Hier bekommst du Schalen oder Kinderspielzeug zu wirklich fairen Preisen, etwa bei **Franc Jaklič** *(Sajevec 16)*. Das festungsartige **Schloss Ribnica** stammt noch aus dem Mittelalter, wurde im Zweiten Weltkrieg aber stark zerstört. Heute ist nur noch ein Renaissanceflügel erhalten, aber der und seine eleganten Arkaden genügen, damit du einen Eindruck von der wehrhaften Festung bekommst. Obelix, der Gallier würde sich in der **Gostilna Harlekin** *(Gorenjska cesta 21 | Tel. 01 8 36 15 32 | €€)* echt wohlfühlen, denn dort gibt es gutes Wildschweingulasch!

80 km

Der Roadtrip geht weiter nach Südosten, in eine touristisch wirklich ruhige Ecke Sloweniens: *Folge einfach der Regionalstraße 106 (nach Süden bis Kočevje), dann der 217 (nach Črnomelj) und 218 (nach Metlika) durch die dünn besiedelte* **Bela Krajina** ➤ S. 100 – „Weißkrain", wie die an der kroatischen Grenze gelegene Region genannt wird. Die namensgebenden weißen Trachten kannst du dir im **Belokrajnski muzej** *(Mo–Sa 9–17, So 10–14 Uhr | Eintritt 4 Euro | belokranjski-muzej.si)* in der **❺ Burg Metlika** anschauen.

❺ Burg Metlika

Die Regionalstraße 105 schlägt nun einen Bogen durch das ehemals deutsche Siedlungsgebiet Gottschee (Kočevje) und durch Wälder nach Novo Mesto (ab Ribnica wird's stellenweise holprig). Das **6 Wasserschloss Otočec** *(grad-otocec.com)*, romantisch am Ufer der Krka erbaut, ist ein wirklich feines Hotel, du kannst dort aber auch nur im Park spazierengehen. Preiswerter übernachtest du auf dem **Ferienbauernhof Šeruga** *(Tel. 07 3 34 69 00 | Sela pri Ratežu 15 | südlich von Otočec | seruga.si | €–€€)*. Lass dich dort mit typischen Gerichten der Region, wie z. B. Buchweizensuppe mit Pilzen (nach Omas Rezept!), bekochen und übernachte doch mal im alten Getreidespeicher – mehr Landleben geht nicht!

INSIDER-TIPP
Ein Bett im Heuhaufen

Und schon lockt die nächste Burg: Podsreda. *Von Novo Mesto aus folgst du der Landstraße 419.* Plane einen Stopp im ehemaligen **7 Kloster Kostanjevica na Krki** ➤ S. 100 mit seiner Kunstsammlung ein. *In Richtung Brestanica überquerst du bei Krško die Sava und folgst der 422 nach Nordosten bis zum Abzweig zur* **8 Burg Podsreda** (12. Jh.). Die hat alles, was eine Burg braucht: einen Innenhof mit Arkaden, Türmchen und einen Burgkeller, der sich lohnt, weil es dort eine

35 km

6 Wasserschloss Otočec

TAG 2

24 km

7 Kloster Kostanjevica na Krki

37 km

8 Burg Podsreda

Alles Handarbeit: nützliche Holzprodukte aus Ribnica

6 km

9 Kozjansko

68 km

10 Schloss Velenje

83 km

1 Ljubljana

Sammlung *(Mai–Okt. Di–So 10–18 Uhr | Eintritt 4,50 Euro | kozjanski-park.si)* von Glaskunst der Region gibt.

In Podsreda zweigt die Regionalstraße 422 nach Šentjur und Celje ab. Sie durchquert die **9 Kozjansko** genannte Region, die als Regionalpark das Kultur- wie das Naturerbe schützt, *und mündet bei Dramlje in die A1.* Freu dich auf **10 Schloss Velenje** *(Di–So 10–18 Uhr | Eintritt 2,50 Euro | Ljubljanska cesta 54 | 17 km nördlich der Ausfahrt Žalec).* In dem hübschen, weißen Renaissanceschloss kannst du dir u. a. die größte Afrika-Ausstellung weit und breit anschauen, mit vielen Masken. In der eleganten **Vila Herberstein** *(Kopališka 1 | Tel. 03 8 96 14 00 | vilaherberstein.si | €€€)* kannst du gut essen. Ritterrüstungen begrüßen dich auf dem Gang – da fühlst du dich fast wie in einer anderen Zeit, wie ein Burgfräulein oder Raubritter, wetten? Gestärkt vergehen die letzten Kilometer *auf der A1* bis **1 Ljubljana** wie im Flug.

2 WANDERUNG ZU DEN TRIGLAV-SEEN

- **Auto ade! Kristallklare Gebirgsseen zu Fuß entdecken**
- **Bergauf und -ab, an blühenden Alpenveilchen vorbei**
- **Felswände und Gipfelpanorama**

Start: Dom pri Savici
Ziel: Dom pri Savici
Strecke: ca. 14 km
Dauer: 8–9 Std., reine Gehzeit 6 Std.
Schwierigkeit: mittel
Höhenmeter: 1100 m

Kosten: ca. 10 Euro für Mittagsimbiss (pro Person)
Mitnehmen: Bergschuhe, Regenschutz, Mütze, Wasser und Proviant, Sonnencreme, Wanderkarte
Achtung: Steiler Anstieg im ersten Drittel, z. T. mit gesicherten Klettersteigpassagen. Anfahrt mit Auto oder Bus ab Ribčev Laz (im Sommer stdl., sonst seltener).

AB AUF DEN BERG!

Bei dieser Wandertour gibt es viel zu erleben. Dazu musst du aber kein Frühaufsteher sein. Es reicht, wenn du gegen 9 Uhr am Parkplatz an der Hütte ❶ **Dom pri Savici** (653 m) über dem See von Bohinj ➤ S. 68 startest. *Folge zunächst dem Wanderweg bergauf zum* **Savica-Fall** ➤ S. 69 *und steig dann in steilen Serpentinen, teils auch über gesicherte Kletterpassagen, den Felsabfall der Komarča auf 1294 m Höhe hinauf.* Nur ab und zu schimmert der See von Bohinj durch den dichten Wald. Im Halbdunkel setzen Farne und Alpenveilchen Farbakzente. Nach rund eineinhalb Stunden sieht du den ersten, den „schwarzen" See, ❷ **Črno jezero** (1319 m), in einem Felskessel liegen. Der Platz ist ideal für ein zweites Frühstück, und sein Wasser ist im Vergleich zu dem der anderen Seen relativ warm.

BLÜTENPRACHT MIT SELTENHEITSWERT

Von hier folgst du dem Tal Lopučniška dolina und den Wegmarkierungen zum Triglav leicht ansteigend in nordwestlicher Richtung, bewältigst eine weitere, aber nur kurze, steile Strecke und erreichst auf 1685 m schließlich das ❸ **Sieben-Seen-Tal**. Hier, wo die Triglav-Seen wie Perlen an einer Kette zwischen den Wiesen glitzern, ist ein idealer Ort für eine Pause. Wenn du im Frühjahr und Frühsommer hier unterwegs bist, ist das Tal ein einziges Blütenmeer! Das duftet und leuchtet! Vielleicht entdeckst du ja die blaue Zois-Glockenblume *(Campanula zoysii)* und das roséfarbene Dolomiten-Fingerkraut *(Potentilla nitida)*? Beides sind seltene Pflanzen, die nur hier vorkommen. Aber es gibt auch vertraute Pflanzen am Wegrand, so der weiße Julische Mohn und der blaue Enzian, die unter strengem Schutz

❶ **Dom pri Savici**

2,8 km

❷ **Črno jezero**

3 km

❸ **Sieben-Seen-Tal**

0,5 km

stehen. Das Gleiche gilt für die Gämsen, die du mit ein wenig Glück an den Felswänden rundherum beim artistischen Klettern beobachten kannst. Vielleicht siehst du ja auch den legendären *Zlatorog,* den Steinbock mit den goldenen Hörnern?

④ Koča pri Triglavskih jezerih

5,8 km

① Dom pri Savici

SUPPE MIT AUSSICHT

Die Hütte ④ **Koča pri Triglavskih jezerih** *(Mitte Juni–Ende Sept. | Tel. 040 62 07 83)* ist dein nächstes Ziel. Nach 3–4 Stunden Wegstrecke kannst du dir dort eine leckere Pilzsuppe und deftige Krainer Würste bestellen – das Ganze mit toller Aussicht auf den türkis leuchtenden „Doppelsee", *Dvojno jezero*. Übrigens lohnt ein Blick auf die Südwand der Hütte – in ihr wurde ein Felsblock mit einem versteinerten Ammoniten eingemauert. Hast du ausreichend Energie getankt? Dann kommt die nächste Challenge: *Zurück zur Hütte* ① **Dom pri Savici** *kommst du auf dem gleichen Weg in etwa drei Stunden.*

Weiß leuchtet die Silhouette von Schloss Snežnik im Grün

3 BAHNTRASSENRADELN AUF DER PARENZANA

➤ Mit dem Rad durch historische Eisenbahntunnel flitzen
➤ Weinberge im Rücken, das weite Meer direkt vor der Nase
➤ Natur pur: Vögel in alten Salzbecken beobachten

Start: Koper
Ziel: Koper
Strecke: ca. 50 km
Dauer: 1 Tag, reine Fahrzeit 4 Std.

Kosten: Mittagessen ca. 15, Eintritt Salinen 7, Fahrradmiete 18 Euro (jeweils pro Person);
Fahrradverleih: *Istranka (Ukmarjev trg 7 | Koper | April–Okt. 8–19 Uhr | Tel. 056 27 21 40 | istranka.si).*
Mitnehmen: Sonnenschutz, Wasser, Badesachen
Achtung: Die Strecke verläuft, abgesehen von einer Steigung hinter Izola, völlig eben. Ausschilderung: *Parenčanka* oder *Pot zdravja* (blaues Schild: D-8)

NATURIDYLL IM BAHNHOFSVIERTEL

Zischend und dampfend ruckelte die Parenzana einst durch Slowenien. Gut 120 km legte die Schmalspurbahn vom italienischen Triest ins kroatische Poreč zurück. 1935 wurden die Gleise abgebaut, nachdem die Bahn gerade einmal 33 Jahre im Einsatz gewesen war. Heute kann man auf der aufgelassenen Bahnstrecke, die auf Slowenisch *Pot zdravja* („Weg der Gesundheit") heißt, wirklich prima radeln.

Fang am besten in 1 Koper ➤ S. 80 aber an. Dort kannst du bei Istranka *(Ukmarjev trg 7 | April–Okt. 8–19 Uhr | istranka.si)* in der Altstadt ein Fahrrad ausleihen. Starte deine Tour am Bahnhof von Koper, südöstlich der Altstadt. *Mach zuerst einen 5 km langen Abstecher zum größten Sumpfgebiet Sloweniens,* 2 Škocjanski zatok *(skocjanski-zatok.org)*, einem Paradies für Amphibien, Reptilien und über 200 Vogelarten – ein geschütztes Stück Natur gleich neben den Hafenanlagen

1 Koper
4 km
2 Škocjanski zatok
13 km

– kaum zu glauben! Von einer Plattform aus kannst mit ein wenig Glück wildlebende Camargue-Pferde, Kraniche, Zwergdommeln, Seiden- und Kuhreiher erspähen.

❸ Tunnel von Saletto

4 km

❹ Valeta-Tunnels

1,2 km

❺ Portorož

4 km

LICHT AM ENDE DES TUNNELS

Zurück am Bahnhof von Koper geht's am Meer entlang nach Izola mit dem *Izolana-Museum,* das du aber erst am Abend besuchen wirst. *Der Weg verläuft landeinwärts leicht bergauf und passiert schließlich den 214 m langen, gut beleuchteten* **❸ Tunnel von Saletto** (Šalet). Links der Strecke staffeln sich Oliven und Weinreben die Hügel hinauf. *Die Route führt sanft bergab dem Meer entgegen* und nach der Passage des 550 m langen **❹ Valeta-Tunnels** bist du der Adria wieder ganz nah. Im Badeort **❺ Portorož** ➤ S. 90 mit seinem Sandstrand kannst du einen Badestopp einlegen. Exklusiver lümmest du dich in den Sonnenliegen des Strandclubs **Meduza Beach** ➤ S. 91 zu allerdings recht hohem Eintrittspreis. Vermutlich hast du auch schon Hunger, aber in einem der vielen Strandcafés findest du sicher einen Mittagssnack. Falls nicht: Probier das winzige Fischlokal **Ribja Kantina Fritolin** *(€)* aus, das schattige Plätze draußen hat.

ZU BESUCH BEI FISCHERS FRITZE

Für ein 2 km langes Stück radelst du an der Hauptstraße entlang. Pass gut auf, hier fahren viele Autos! *Dann biegst du rechts ab in Richtung Salinen von Sečovlje* (braunes Hinweisschild „Šečoveljske saline") und lässt den Verkehr hinter dir. *Lass die D8 hier links liegen, und folge der Straße am „Kanal" entlang in Richtung Restaurant Ribič.* Zu entdecken gibt es die die **6 Fonda Fischfarm ➤ S. 92**, die Netzkäfige im Wasser der Bucht installiert hat und dort Wolfsbarsch *(brancin, branzino)* züchtet. Der frei lebende Wolfsbarsch ist in der Adria vom Aussterben bedroht, und Gourmets schwören, dass der Zuchtbarsch der Fondas vorzüglich schmeckt. Im Sommerhalbjahr triffst du an der Fischzucht fast immer jemanden an, der dich herumführt. Wenn du Glück hast, ist der Grill heiß, und du kannst dich selbst vom tollen Geschmack überzeugen. Sollte Fonda geschlossen sein, kannst du ein paar Schritte weiter bei **Ribič** *(Di geschl. | Seča 143 | Tel. 05 6 77 07 09 | €€)* eine Rast einlegen.

6 Fonda Fischfarm

2,2 km

SALZIGES UND EIN WENIG GESCHICHTE

Zurück auf dem Fahrradweg erreichst du wenige Meter weiter den Eingang zum Naturpark der **7 Salinen von Sečovlje ➤ S. 93**. Im südlichen Abschnitt *Fontanigge* kannst du Silber- und Graureiher beobachten. Während des Vogelzugs im Frühjahr und Herbst gesellen sich andere Arten hinzu. Du kannst dir auch das **Salzmuseum** anschauen und im Shop Badesalz, Fleur de sel oder Salzschokolade kaufen. Südlich der Salinen verläuft die slowenisch-kroatische Grenze. Der Parenzana-Radweg setzt sich in Kroatien fort bis zum Küstenstädtchen Poreč (weitere anspruchsvolle 44 km, nur mit MTB machbar). *Du radelst aber auf gleicher Strecke zurück nach Koper und stoppst* im hübschen **8 Izola ➤ S. 82**. Dort erzählt das umgestaltete, interaktive **Museum Izolana** *(Mi–So 15–21 Uhr | Eintritt 3 Euro | Ulica Alme Vivode 3)* von alten Schiffen und der Geschichte der Parenzana-Bahn. Danach nimmst du noch einen Espresso im netten **Caffe alle Porte** *(Koprska 1)* und gehst gestärkt auf die letzten 8 km zurück zum Ausgangspunkt **1 Koper**.

7 Salinen von Sečovlje

12,5 km

8 Izola

8 km

1 Koper

GUT ZU WISSEN

DIE BASICS FÜR DEINEN URLAUB

ANKOMMEN

ANREISE

Die reine Flugzeit von Berlin nach Ljubljana z. B. beträgt ca. 1,5 Stunden. Der Flughafen befindet sich 26 km nördlich von Ljubljana. Dort wartet ein Airport-Shuttlebus, der dich direkt zum Bus- und Hauptbahnhof in die Innenstadt von Ljubljana bringt. Alternativ kannst du auch direkt nach Kranj, Bled oder Bohinj fahren *(arriva.si)*. Ein Sammeltaxi musst du vorher buchen *(ab 9 Euro | goopti.com)*.

Wer mit dem Auto anreist, fährt am besten über München–Salzburg–Villach via Bled nach Ljubljana. Von Wien aus führt die Strecke über Graz nach Maribor. Für Österreich und Slowenien braucht man eine Vignette, nicht vergessen!

Von Frankfurt/Main über München kommst du mit dem Zug ohne Umsteigen nach Bled, Kranj und Ljubljana *(bahn.de)*. Ziemlich bequem geht das auch im Schlaf- oder Liegewagen ab München *(6,5 Stunden | oebb.at)*, der im Sommer auch in Postojna stoppt. Mit Umstieg in Ljubljana kommst du nach Koper, Maribor und in andere slowenische Städte.

Nett zur Urlaubskasse sind Fernbusse *(flixbus.de | eurolines.de)*. Ab München bist du in 5,5 Stunden in der Innenstadt von Ljubljana.

Steckdosen Typ A

220 Volt, ein Steckdosenadapter ist nicht notwendig.

EINREISE/ZOLL

Trotz EU-Freizügigkeit: Personalausweis nicht vergessen! Kinder brauchen einen eigenen Kinderreisepass

Die Schusterbrücke (Čevljarski most) ist nur eine von vielen in Ljubljana

(s. Website *auswaertiges-amt.de*). Als EU-Bürger darfst du so viel Waren nach/aus Slowenien ein- und ausführen, wie du möchtest. Abstriche musst du bei Alkohol (90 l Wein) und Zigaretten (800 Stück pro Erw.) machen. Für Schweizer gelten andere Mengen.

AUSKUNFT VOR DER REISE

SLOWENISCHES FREMDENVERKEHRSAMT

Maximiliansplatz 12 a | 80333 München | Tel. 089 29 16 12 02

SLOWENISCHES TOURISMUSBÜRO

Opernring 1/R/4/447 | 1010 Wien | Tel. 01 7 15 40 10

KLIMA UND REISEZEIT

Frühjahr und Herbst sind perfekt für Städtetrips, Wanderungen und Radtouren. Ende April/Anfang Mai haben die Slowenen drei Feiertage, dann ist überall viel los. Der Sommer, von Juni bis September, gehört den Wasserratten – dann wird an der Adriaküste und in den Alpenseen gebadet. Im Juli und August ist Hauptsaison, was man nicht nur an den Übernachtungspreisen merkt: Dann ist an der Küste, aber auch in Bled und der Höhle von Postojna ziemlich viel los. Die Thermalbäder im Osten Sloweniens haben ganzjährig Saison, im Sommer öffnen auch die Außenpools mit ihren Rutschen. Der Winter gehört in den Julischen Alpen und ihren Ausläufern den Skifahrern. Ljubljana und andere Städte glitzern in der Adventszeit wunderbar romantisch, und in der Höhle von Postojna findest du in der Weihnachtszeit sogar eine „lebendige Krippe"!

INSIDER-TIPP
Weihnachten zwischen Stalagtiten

GRÜN & FAIR REISEN

Du willst beim Reisen deine CO_2-Bilanz im Hinterkopf behalten? Dann kannst du deine Emissionen kompensieren *(atmosfair.de; myclimate.org)*, deine Route umweltgerecht planen *(routerank.com)* oder auf Natur und Kultur *(gate-tourismus.de)* achten. Mehr über ökologischen Tourismus erfährst du hier: *oete.de* (europaweit); *germanwatch.org* (weltweit).

WEITER-KOMMEN

AUTO & MIETWAGEN

Am Flughafen und in allen größeren Städten kannst du problemlos ein Auto mieten. Dazu benötigst du eine Kreditkarte, die mit einer Kaution belastet wird (keine EC-Karte). Für jüngere Fahrer unter 25 Jahren werden manchmal Extragebühren fällig. Schau auf *billiger-mietwagen.de* nach, dort kannst du Preise vergleichen.

Auf slowenischen Autobahnen darf man 130 km/h fahren, auf Schnellstraßen gelten 100 km/h. Auf Landstraßen sind 90 km/h erlaubt, innerhalb von Ortschaften 50 km/h. Für die Fahrt auf der Autobahn und der Schnellstraße in Istrien brauchst du eine Vignette. Diese gilt auf Autobahnen (grüne Schilder) und Fernstraßen (blau markierte Schilder). Falls du keine hast und erwischt wirst, kann es ziemlich teuer werden! *(dars.si/tolling)* Schalte das Abblendlicht an, ganzjährig! Die Promillegrenze liegt bei 0,5.

ÖFFENTLICHE VERKEHRSMITTEL

Mit den Überlandbussen kommt man in Slowenien gut voran. Das ist vor allem im Sommer eine gute Alternative zum Auto, um sich die Parkplatzsuche zu ersparen. Hop-on-Hop-off-Busse klappern im Juli/Aug. an manchen Tagen die Alpen-Highlights wie den See von Bohinj, Bled und den Nationalpark Triglav ab. Mit dem Zug dauert es meist länger, da viele Verbindungen über Ljubljana führen. Für Bahnfahrten sind nur einige wenige Strecken zu empfehlen, etwa die von Ljubljana nach Kranj (30 Min.).

FAHRRÄDER & E-ROLLER

In vielen Städten kannst du dir Fahrräder, E-Bikes oder einen Elektrotretroller auf der Straße leihen. Ljubljana hat ein prima Bike-Sharing-System, bei dem die erste Stunde immer kostenlos ist (die zweite kostet 1 Euro): Die Fahrräder gibt es an über 60 Stationen in der ganzen Stadt. Du musst dich nur online anmelden, der Betrag wird von deiner Kreditkarte abgebucht *(bicikelj.si)*. Ein E-Bike macht in Alpenstädtchen Sinn, etwa in Bled, um nicht gleich aus der Puste zu kommen. Falls du mit Kindern unterwegs bist: Unter 15 Jahren besteht Helmpflicht!

Beim Slowenischen *Tourist Information Center (STIC)* bekommst du für 8 Euro/Tag ein Fahrrad *(Krekov trg 10 | visitljubljana.com)*. Falls dein E-Bike keinen Saft mehr hat, findest du hier Ladestationen: *chargemap.com*

FESTE & EVENTS
RUND UMS JAHR

FEBRUAR
Zlatna lisica (Maribor): Ski-Alpin-Weltcup der Damen

FEBRUAR/MÄRZ
Zottelfelle, grimmige Masken – so vertreiben die *kurenti* in Ptuj an ***Fasching*** (So–Di) die Wintergeister (Foto)

MÄRZ–OKTOBER
Odprta kuhna (Ljubljana): Streetfood-Festival jeden Freitag; *odprtakuhna.si*

JUNI
Kino Otok (Izola): Internat. Independent-Filmfestival; *isolacinema.org*
Festival Lent (Maribor): Open-Air-Festival mit Theater, Musik, Folklore, Kleinkunst; *festival-lent.si*

JULI
Ana Desetnica: Hippes Straßentheater-Festival in Ljubljana

JUNI–SEPTEMBER
Die künstlerische Boheme trifft sich in Ljubljana zur ***Grafik-Biennale*** *(mglc-lj.si)* – aber nur in ungeraden Jahren
Festival Ljubljana (Ljubljana): Klassik, Weltmusik, Ballett im Kreuzherrenstift *(Križanke); ljubljanafestival.si*

AUGUST
Musikabende im Minoritenkloster in Piran (jeden Fr); *portorož.si*
Erasmus-Ritterturnier: Vor dem Höhlenschloss Predjama (Luegg) bei Postojna treten Ritter zum Kampf an.

SEPTEMBER
Kuhball (Bohinj): Almabtrieb mit Folklorefest; *bohinj.si*

OKTOBER
Festival Stare trte (Maribor): Weinlese der weltältesten Rebe mit Volksfest; *staratrta.si*

DEZEMBER
Bei der Live-***Weihnachtskrippe*** treten in der Höhle von Postojna 500 Akteure auf

INSIDER-TIPP
Durch die Stadt strom-ern

ELEKTROMOBIL
Das winzige Elektrovehikel *Kavalir* fährt dich kostenlos durch die Altstadt von Ljubljana *(Tel. 03 1 66 63 31)*. Auch in Maribor, Ptuj und Kranj gibt es ähnliche Angebote. Einfach stoppen oder anrufen!

IM URLAUB

AUSKUNFT

SLOVENSKI TURIST INFO CENTAR (STIC)
Krekov trg 10 | 1000 Ljubljana | Tel. 00386 1 58 98 550 | visitljubljana.si, slovenia.info

GELD & WÄHRUNG
In Slowenien zahlst du mit dem Euro. Kartenzahlung ist weit verbreitet, in manchen Restaurants oder Privatunterkünften kann es aber immer noch sein, dass du bar zahlen musst. Geld abheben geht problemlos mit der EC- oder Kreditkarte. Die Höhe der Gebühren hängt von deiner Hausbank ab. Falls du deine Geldkarten verloren hast, lass sie telefonisch sperren *(Tel. 0049 116 116)*.

INTERNET
Einen Kaffee schlürfen und dabei surfen? Das geht meist problemlos dank WLAN, das die meisten Cafés anbieten. Auch in Unterkünften gehört WLAN längst zum Standard. In Ljubljanas Innenstadt ist eine Stunde pro Tag kostenlos. Einfach anmelden: *wifreeljubljana.si*.

LADENÖFFNUNGSZEITEN
Im Supermarkt kannst du werktags 8–19 Uhr einkaufen, in größeren Läden häufig länger und zusätzlich am Sonntagvormittag. Ab 21 Uhr bekommst du keinen Alkohol mehr im Geschäft, nur noch in Restaurants, Kneipen und Cafés. Essen gehen kannst du in vielen Restaurants durchgehend von 11–23 Uhr. Ein kleines, günstiges Mittagessen *(malica)* wird oft nur bis 12.30 Uhr serviert. Sonntags sind manche Restaurants geschlossen. Am Montag haben die meisten Museen zu.

POST
Briefmarken bekommst du in den Postämtern *(Pošta)* oder an den Tabakkiosken, auf eine Postkarte ins EU-Ausland musst du zurzeit eine 1-Euro-Marke kleben.

SPRACHE
In Slowenien wird Slowenisch gesprochen. Das ist eine südslawische Sprache, die Bosnisch/Kroatisch/Serbisch recht ähnlich ist. In Istrien verstehen viele Menschen Italienisch, im Prekmurje Ungarisch. Der Teufel steckt jedoch bekanntlich im Detail: Es gibt 46 Mundarten im Slowenischen, hinzu kommen sechs grammatikalische Fälle und der Dual. Das ist die Zweizahl, also wenn von einem Paar Schuhen, zwei Beinen oder den Eltern die Rede ist. Ganz schön viel Wortformen! Ein kleiner Trost: Viele Slowenen verstehen Englisch und Deutsch.

FEIERTAGE

1./2. Januar	Neujahr
8. Feb.	Prešeren-Tag (Kulturtag)
März/April	Ostern (So/Mo)
27. April	Tag des antifaschistischen Widerstands
1./2. Mai	Tag der Arbeit
25. Juni	Nationalfeiertag
15. Aug.	Mariä Himmelfahrt
31. Okt.	Reformationstag
1. Nov.	Allerheiligen
25. Dez.	Weihnachten
26. Dez.	Unabhängigkeitstag

STRÄNDE

Die slowenische Küste ist kurz, da wird jeder Meter genutzt: Baden kannst du an Stränden aus grobem Fels, Kies oder Beton. In Ankaran wird am Kap Debeli Rtič gebadet, in Koper im Strandbad Žusterna. In Izola ist der Leuchtturm *(Svetilnik)* angesagt oder südlich der Stadt die flach abfallende Badstelle von Simonov zaliv. An der Steilküste bei Strunjan findest du naturbelassene Badebuchten. In der Fiesa-Bucht bei Piran gibt's grüne Liegewiesen. Den einzigen „richtigen" Sandstrand findest du in Portorož, wo es im Hochsommer rappelvoll wird. Mondän ist dort der Meduza-Hotelstrand, der teurer ist; dafür gibt's Liegen, Schirme und Handtücher.

Die Wassertemperatur im Sommer liegt bei 22–25 Grad Celsius. Die Strände in Slowenien sind öffentlich, Strandbäder und Liegestühle kosten jedoch etwas.

TELEFON

Wenn du dein Handy-Volumen schonen willst, kannst du dir am Kiosk eine Telefonkarte besorgen. Vorwahlen: nach Slowenien 00386, nach Deutschland 0049, nach Österreich 0043, in die Schweiz 0041.

TRINKGELD

Wenn du mit dem Service zufrieden bist, gilt in Slowenien, was anderswo auch üblich ist: Gib im Restaurant fünf bis zehn Prozent Trinkgeld, das ist vollkommen in Ordnung. Im Taxi kannst du aufrunden.

WAS KOSTET WIE VIEL?

Bus	1,20 Euro *einfache Fahrt in Ljubljana*
Espresso	ab 1,20 Euro *im Café*
Kremšnita	4,50 Euro *für ein Stück*
Wein	ab 1,50 Euro *ein Glas (0,1 l)*
Hauptgericht	ab 8 Euro **im Restaurant**
Fleur de sel	ab 5 Euro *für 125 g*

ÜBERNACHTEN

Sozialistische Hoteltristesse war gestern: Längst schon sind die alten Ungetüme in moderne, elegante, serviceorientierte Hotels umgewandelt worden – und gehören fast ausschließlich in die Vier- und Fünf-Sterne-Kategorie. Das gilt vor allem für die Touristenzentren Ljubljana, Bled, Kranjska Gora und die Adriaküste. Hinzugekommen sind noble Schlosshotels für Gäste mit dem entsprechenden Geldbeutel. Thermalbäder bieten oft mehrere Hotel-Kategorien an: von topmodernen Wellnesshotels bis zu Mittelklassehotels. Ohnehin gibt es in Thermennähe viele Privatzimmer oder Pensionen, die in der Regel günstiger sind. Die Unterkünfte findest du online (*booking.com* oder *airbnb.com*). Vor Ort solltest du auf die Schilder „Sobe" und „Apartmaji" achten, wenn du eine günstige Hotelalternative suchst. Hostels gibt es vor allem in den Touristen-Hotspots.

Entspannt vor allem für Familien mit Kindern sind die rund 850 Ferienbauernhöfe *(turistična kmetija)*, die es in ganz Slowenien gibt. Gäste werden dort mit eigenem Wein, Gemüse aus dem eigenen Garten oder selbst gekochter Marmelade verwöhnt *(turistic nekmetije.si/de)*.

Wer in den Alpen als Fernwanderer mit Rucksack unterwegs ist, findet viele Berghütten: In gut 180 Schutzhütten und Biwaks kannst du Rast machen *(slovenia.info)*.

Originell sind Unterkünfte in alten Weinfässern (z. B. in Ptuj), nachhaltig Weinberghäuschen *(zidanice.si)* inmitten von Rebstöcken. Auch Glamping in luxuriösen Zelten, Lodges oder Baumhäuser werden angeboten. Einzigartig sind in Ljubljana das *Hostel Celica (hostelcelica.com)*, wo du in alten Gefängniszellen übernachtest, oder das Kapselhotel *The Fuzzy Log (uhcollection.si/the-fuzzy-log) im Hotel Central* nach japanischem Vorbild. Weitere Anregungen für Übernachtungen online unter: *slovenia.info*.

Für Erwachsene wird eine Kurtaxe fällig, die je nach Region und Saison bis zu 3 Euro pro Person und Nacht betragen kann.

NOTFÄLLE

DIPLOMATISCHE VERTRETUNGEN

DEUTSCHE BOTSCHAFT

Prešernova cesta 27 | 1000 Ljubljana | Tel. 01 4 79 03 00 | laibach.diplo.de

ÖSTERREICHISCHE BOTSCHAFT

Prěsernova cesta 23 | 1000 Ljubljana | Tel. 01 4 79 07 00 | aussenministerium.at/laibach

SCHWEIZERISCHE BOTSCHAFT

Trg Republike 3/VI | 1000 Ljubljana | Tel. 01 2 00 86 40 | eda.admin.ch/ljubljana

GESUNDHEIT

Viele Ärzte sprechen Englisch oder Deutsch. Die Europäische Gesundheitskarte (EHIC), die du auf der Rückseite der deutschen Krankenversicherungs-Chipkarte findest, wird in Slowenien anerkannt. Ein guter Sonnenschutz im Sommer ist wichtig, vor allem in den Bergen und am Meer! Eine private Auslandskrankenversicherung, die es für wenige Euro gibt, kann im Notfall beim Rücktransport einspringen.

NOTFALLNUMMERN

Die kostenlose Euro-Notrufnummer 112 gilt auch in Slowenien. Diese Nummer solltest du als Urlauber in Slowenien auch anrufen, falls du

denkst, du hättest dich mit dem Corona-Virus angesteckt.
Bei einer Autopanne kannst du den AMZS rufen: *Tel. 1987,* vom Mobiltelefon: *+386 1 530 53 53.*
ADAC-Notruf: *0049 89 22 22 22*

WICHTIGE HINWEISE

HAUSTIERE

Hunde brauchen bei der Einreise nach Slowenien einen EU-Heimtierausweis mit einer aktuellen Tollwutimpfung und müssen mit Mikrochip gekennzeichnet sein. Erkundige dich vorher beim Hotel oder Zimmervermieter, ob du deinen Hund mitbringen darfst. Einen offiziellen Hundestrand findest du bei der alten Delamaris-Fabrik in Izola.

NATURGEFAHREN

Wenn du in den Julischen Alpen unterwegs bist, solltest du dich unbedingt vorher über die Wetterlage informieren: Plötzliche Wetterumschwünge haben es in sich! Erfahrene Bergsteiger schwören auf den Zwiebel-Look, also auf das Tragen von mehreren Schichten Kleidung.

POLIZEIKONTROLLE

Wenn dich die slowenische Polizei im Auto anhält, bleib cool – und vor allem sitzen. Bloß nicht aussteigen, wenn du nicht aufgefordert wirst, denn das ist nicht erlaubt.

WETTER IN KOPER (CAPODISTRIA)

Hauptsaison
Nebensaison

	JAN.	FEB.	MÄRZ	APRIL	MAI	JUNI	JULI	AUG.	SEPT.	OKT.	NOV.	DEZ.
Tagestemperaturen	5°	6°	9°	13°	17°	21°	24°	23°	20°	15°	10°	7°
Nachttemperaturen	0°	1°	3°	7°	11°	16°	16°	16°	16°	11°	6°	4°
Sonnenschein Stunden/Tag	3	4	5	6	8	9	10	9	7	6	4	3
Niederschlag Tage/Monat	8	6	9	9	11	9	6	7	7	11	11	9
Wassertemperatur in °C	10	9	9	13	17	21	23	25	23	19	15	12

Sonnenschein Stunden/Tag · Niederschlag Tage/Monat · Wassertemperatur in °C

SPICKZETTEL SLOWENISCH

SMALLTALK

ja/nein/vielleicht	da/ne/mogoče
bitte	prosim
danke	hvala
Gute(n) Morgen!/Tag!/Abend!/Nacht!	Dobro jutro!/Dober dan!/ Dober večer!/Lahko noč!
Hallo!/Auf Wiedersehen!	Živjo!/Na svidenje!
Tschüss!	Adijo!
Ich heiße …	Jaz se imenujem …
Wie heißen Sie?/Wie heißt du?	Kako se imenujete/imenuješ?
Ich komme aus …	Sem iz …
Entschuldige!/Entschuldigen Sie!	Oprosti!/Oprostite!
Wie bitte?	Kako, prosim?
Das gefällt mir (nicht).	To mi je (ni) všeč.
Ich möchte …/Haben Sie …?	Jaz bi rad (m) rada (f) …/ Ali imate …?

ZEIGEBILDER

ESSEN & TRINKEN

Reservieren Sie uns bitte für heute Abend einen Tisch für vier Personen.	**Prosim rezervirajte nam za danes večer mizo za štiri osebe.**
Die Speisekarte, bitte.	**Jedilni list, prosim.**
Könnte ich bitte … haben?	**Ali bi lahko dobil (m)/dobila (f) …?**
Messer/Gabel/Löffel	**nož/vilca/žlica**
Salz/Pfeffer/Zucker	**sol/poper/slatkor**
mit/ohne Eis/Kohlensäure	**z ledom/z kislino, brez leda/brez kislino**
Vegetarier(in)/Allergie	**vegetarijanec (vegetarijanka)/ alergija**
Ich möchte zahlen, bitte.	**Rad bi plačal, prosim (m)./ Rada bi plačala, prosim (f).**
bar/Kreditkarte	**v gotovini/kreditna kartica**

NÜTZLICHES

Wo ist …?/Wo sind …?	**Kje je …?/Kje so …?**
Wie viel kostet …?	**Koliko stane …?**
Wo finde ich einen Internetzugang/ WLAN?	**Kje najdem dostop do interneta?**
Wie viel Uhr ist es?	**Koliko je ura?**
heute/morgen/gestern	**danes/jutri/včeraj**
Montag/Dienstag/Mittwoch/ Donnerstag/Freitag/Samstag/ Sonntag/Feiertag	**ponedeljek/torek/sreda/ četrtek/petek/sobota/ nedelja/praznik**
nah/weit	**blizu/daleč**
offen/geschlossen	**odprto/zaprto**
rechts/links/geradeaus	**desno/levo/naravnost**
mehr/weniger	**več/manj**
billig/teuer	**poceni/drago**
(kein) Trinkwasser	**pitna voda/voda ni pitna**
Hilfe!/Achtung!	**Na pomoč!/Pozor!**
Fahrplan/Fahrschein	**vozni red/vozovnica**
Apotheke/Drogerie	**lekarna/drogerija**
Fieber/Schmerzen	**vročina/bolečine**
kaputt/funktioniert nicht	**pokvarjeno/ne deluje**
Panne/Werkstatt	**okvara/avtomehanična delavnica**
0/1/2/3/4/5/6/7/8/9/10/100/1000	**nula/ena/dva/tri/štiri/pet/šest/ sedem/osem/devet/deset/sto/tisoč**

URLAUBS FEELING

ZUM EINSTIMMEN & AUSKLINGEN

LESESTOFF & FILMFUTTER

DIE WELTBÜRGERIN. ROMAN ÜBER ALMA KARLIN

Milan Deklava greift die Geschichte der Alma Karlin auf: Die junge Frau aus Celje, körperlich eingeschränkt, lernte in London acht Sprachen und bereiste in den Zwischenkriegsjahren die Welt – alleine! (2017)

MEINES VATERS LAND

Shooting-Star Goran Vojnović erzählt die Geschichte eines jungen Slowenen, der herausfindet, dass sein Vater nicht tot, sondern ein serbischer Kriegsverbrecher ist. Die Spurensuche beginnt … (2006)

GRÜN WIE ICH DICH LIEBE GRÜN

Literatur-Newcomerin Ana Schnabl schreibt über Kiffer, psychisch Kranke und heftige Gefühle, Scham, Sorgen, Ekel und Ängste im modernen Slowenien. (2020)

RUDAR (THE MINER)

Drama um einen Bergarbeiter, der einen stillgelegten Stollen prüfen soll. Unter Tage entdeckt er ein Massengrab aus der Zeit nach dem Zweiten Weltkrieg, aber niemand will sich damit auseinandersetzen. (2017, Regie: Hanna Slak)

PLAYLIST QUERBEET

0:58

LAIBACH – OPUS DEI
Der Opus-Song *Live Is Life* der 1980er wurde als monumentaler Militärmarsch aufgenommen, mit umstrittenem Uniformen-Video.

SIDDHARTA – MY DICE
Die Jungs haben für die Slowenen den Status der Rockband U2.

PERPETUUM JAZZILE – AFRIKA
Trommelnder Regen wird perfekt mit den Händen geklatscht. Das Video der A-cappella-Vokalgruppe hat echten Kultstatus.

NIPKE – NOBEN ME NE RAZUME
Slowenischer Rap kann ganz schön cool klingen!

SLAVKO AVENSIK UND SEINE ORIGINAL OBERKRAINER – NA GOLICI
Polka-Sound mit über 600 Cover-Versionen weltweit! Das „Trompetenecho" ist der erfolgreichste slowenische Song aller Zeiten.

Den Soundtrack zum Urlaub gibt's auf **Spotify** unter **MARCO POLO** Slovenia

Oder Code mit Spotify-App scannen

AB INS NETZ

IGSLOVENIA.SI
Die Community zeigt dir die besten Foto-Destinationen in Slowenien, mit Tipps. Check auch den Instagram-Account *(@igslovenia)*.

TOTAL-SLOVENIA-NEWS.COM
News und Lifestyle: Alles, was Slowenien aktuell bewegt, findest du auf diesem Portal – auf Englisch.

FORUM-SLOWENIEN.DE
Wenn du noch Fragen zu Slowenien hast, kannst du dich über dieses Portal prima mit anderen austauschen.

SPOTTEDBYLOCALS.COM/LJUBLJANA
Kein Mainstream! Locals zeigen dir ihre Lieblingsorte und Insiderkneipen in Ljubljana.

SLOVENIA.INFO
Die offizielle Website für Tipps, Unterkünfte und alles, was du über Slowenien wissen musst – sehr ansprechend gestaltet. Mit Instagram-Account.

SLOVENIA'S TOP 100
Kostenlose App der Tourismuszentrale mit hübschen Fotos und Reisezielen

TRAVEL PURSUIT

DAS MARCO POLO URLAUBSQUIZ

Weißt du, wie Slowenien tickt? Teste hier dein Wissen über die kleinen Geheimnisse und Eigenheiten von Land und Leuten. Die Lösungen findest du in der Fußzeile. Und ganz ausführlich auf den S. 18–23.

❶ Wie viele Stufen führen in den Schacht der Pivka-Höhle hinunter?
a) 13
b) 317
c) 31

❷ Mit welcher Fellfarbe kommen Lipizzaner-Fohlen auf die Welt?
a) Weiß natürlich
b) Sie kommen ohne Fell auf die Welt
c) Ihr Fell bleibt dunkel, bis sie etwa 6 bis 10 Jahre alt sind

❸ Wie viele Tierarten leben in der Höhle von Postojna?
a) keine
b) mehr als 150
c) nur der Grottenolm

❹ Slowenien ist ein grünes Land. Wie viel Prozent der Fläche ist Wald?
a) 10 Prozent
b) 99 Prozent
c) 62 Prozent

❺ Eine Pflanze aus Maribor steht im Guiness-Buch der Rekorde. Sie ist über 450 Jahre alt. Welche?
a) eine Eiche
b) eine Pappel
c) eine Weinrebe

❻ Wie lang ist die slowenische Küste?
a) 46,6 km
b) 466 km
c) 4,66 km

Sommerwiese im Triglav-Nationalpark bei Bovec

❼ Welches Speiseöl solltest du bevorzugt in Istrien probieren?
a) Kürbiskernöl
b) Sonnenblumenöl
c) Olivenöl

❽ Wie viele Länder siehst du vom Vinarium-Aussichtsturm in Lendava auf einen Blick?
a) Nur Slowenien
b) Slowenien und Italien
c) Slowenien, Kroatien, Italien und Österreich

❾ Welcher Kirchturm war Vorbild für viele Glockentürme in Istrien?
a) der Turm der Markuskathedrale von Venedig
b) der Turm des Kölner Doms
c) der Turm der Kathedrale von Maribor

❿ Wofür sind die *Kurenti* beim Karneval von Ptuj bekannt?
a) für große Holzknüppel, die sie Besuchern über den Kopf ziehen
b) für ihre zotteligen Fellkostüme
c) für die Bonbons, die sie ins Publikum werfen

⓫ Was versteht man unter „schwarzem Thermalwasser" in Moravske Toplice?
a) Das Wasser in den Thermen wird nie gereinigt
b) Es ist nicht wirklich schwarz, sondern dunkel und trüb – das kommt von den vielen heilsamen Mineralien
c) Schwarzer Farbstoff wird zugesetzt, damit man eventuelle Verschmutzungen nicht sieht

REGISTER